The Master of The Brave

Written by Yo Mitsuoka
Illustration by Cosmic

勇者様の
お師匠様

III

The Master of The Brave

三丘洋

画＝こずみっく

Written by Yo Mitsuoka
Illustration by Cosmic

剣術に秀でし、勇者の師匠。
いまだ世は、幼き彼の者の真価を知らず。
されどただ一人、少女は彼の者を慕い、
彼の者をただ見つめ続ける。
世界を救う勇者となったその少女。
勇気ある少年と出会ったのは、運命の導きか。
幼き勇者とその師匠の前に、一つの闇が砕け散る。
これは語られることの無かった物語。

The Master of The Brave

Written by Yo Mitsuoka
Illustration by Cosmic

III

Contents

序章

過去への扉

ウィンが通された部屋は、騎士団への来客を迎えるための部屋ということで、壁には勇壮な馬に乗った騎士の巨大な絵と、黄金の柄と宝石がちりばめられた剣や盾、鎧《よろい》など、装飾用として造られた武具が飾られ、また一見して高級そうな調度品が置かれていた。

そして中央には巨大な卓が置かれ、四人の人物がウィンを待っていた。

四人のうち、三人が席に着き一人が立っている。

立っているのはウィンの直属の上司。エルステッド家当主にして、帝国中央騎士団所属の十騎長、ロイズ・ヴァン・エルステッド。

そして座っている三人。

一人はハイエルフの大賢者、ティアラ・スキュルス・ヴェルファ。

それからウィンとは騎士学校で同級のコーネリア・ラウ・ルート・レムルシル。名前にもある通り、レムルシル帝国の皇女。それも皇位継承権第二位の第一皇女だ。

そんなコーネリアはウィンの顔を見て、優しく微笑みかけていた。

そのおかげで少し緊張がほぐれたと思ったのだが、最後に名乗った人物のせいで、ウィンはいままで以上にガチガチに固まってしまった。

ティアラとコーネリアに挟まれて真ん中に座る——つまり、最上位の席に座っている青年。

厚手の布を使用した白い騎士服。金のモールを付け、さらには金糸で袖口や裾に精緻《せいち》な刺繍が施されていた。帝国で金の装飾がついた白の騎士服を身に着けることが許されている者は皇族のみ。すなわち、帝国皇太子アルフレッド・ラウ・ルート・レムルシル。

そしてアルフレッドは、固まるウィンにこう告げた。

「君には私の妹であるコーネリアの従士をしてもらいたいんだ」

「コーネリアさん――いえ、皇女殿下の従士を、この私がですか？」

ウィンは思わずアルフレッドに問い返した。

コーネリアとは同期ということで親しくさせてもらっているが、本来は言葉を交わすこともできない身分の女性なのだ。いや、それを言うならレティシアも同様なのだが、平民出身の、それもまだ騎士候補生に過ぎない自分が、正騎士を飛び越えて皇女付きの従士となって良いのだろうか？

しかし、ウィンの問いにアルフレッドは、卓の上に置いてあった資料らしき紙の束を取って目を落としながらこう答えた。

「うん。でもその前にちょっと聞きたいことがあるんだ。君のことに関して色々と調べさせてもらった。まあ、何しろあの『勇者様のお師匠様』だからね。国を預かる立場の者として当然のことだ。それで、調べていくうちに少し気になったことがある」

アルフレッドは資料の中から二箇所を指し示して見せた。

「ここだ」

それは冒険者ギルドで保管されていた、過去の依頼書。それもウィンとレティシアが子供の頃に関わった仕事が纏《まと》められたものだった。

「ある事件で冒険者ギルドに残されていた記録と、帝国に残されていた記録とで、大きく齟齬《そご》が生じているんだ」

記録の改竄《かいざん》。

アルフレッドの口調は飄々《ひょうひょう》としたものだったが、表情は憮然としていた。

「細かい話ではあるのだが、ちょっとした事でも隙を見つけたら、人を陥《おとし》いれようと画策《かくさく》する者が出て来るものなんだ」

皇女の従士として抜擢《ばってき》されれば、間違いなく妬《ねた》みを買うことになるだろう。それがたとえ勇者の師匠だったとしてもだ。

ウィンはアルフレッドから資料を受け取ると、問題となっている依頼書に目を落とした。

「ああ、これは――」

一目見るなり、すぐにどんな仕事の依頼だったかを思い出した。

忘れるはずもない。

幼いウィンとレティシアが、冒険者として初めてパーティーを組んで仕事をした時のものだ。

「へえ……君たちが子供だった頃に、初めて仲間と一緒に仕事をした時のものなのか。それなら覚えていても不思議ではないな。さて、この仕事に関しては帝国の国庫から報酬が支払われているため記録が残っている。ところが冒険者ギルドの記録では魔族を退治したとなっていて、国の記録と大きな齟齬が生じている」

「はい。私たちがその時に戦ったのは、間違いなく魔族でした」

「魔族……」

ティアラが小さく呟く。

貴賓室《きひんしつ》に重苦しい空気が漂った。

魔王を倒し、魔物との戦争は一応の終結を見たものの、まだまだ魔物の脅威は残っている。そして、魔王は滅びたがその配下である魔族はまだ滅びたわけではないのだ。

高位の魔族は魔物数百体に相当する力を持つ。

「ふむ……ということは冒険者ギルドの記録のほうが正しいのだな？　それではどうして帝国の記録は改竄されているのか、話を聞かせてもらえるかな？」

アルフレッドに促されて、ウィンは語り始めた。

それはまだ幼かった勇者とその師匠となった少年の紡《つむ》いだ、始まりの冒険譚――。

冒険者ギルド

冒険者ギルド

冒険者同士の情報交換、仕事の斡旋等を目的として組織される互助組合。各国に存在するが、いずれの国も首都にあるギルドを本部とし、各町に支部が置かれている。ただし、レムルシル帝国の帝都シムルグは、人口の多い巨大都市であるため、中央の総本部のほか、東西南北に支部が設けられている。

シムルグ東支部

ウィンとレティシアが所属する冒険者ギルド。町から町を渡り歩く冒険者が多いため、正確な人数は割り出せないが、常時十程度のパーティーが出入りしている。一つのパーティーは二～六人程度で組まれている。多くのギルドと同様、酒場が併設されており、仕事が持ち込まれるまでの間そこで待機している冒険者たちも多く見られる。

冒険者登録

条件はなく、基本的に誰でも登録は可能。登録するとギルドから、登録ギルド名と冒険者の氏名が刻まれた鉄製のタグが発行される。まずは見習いとして登録され、その期間中は自由に仕事を受けることはできず、主にギルドから斡旋される簡単な仕事をこなしていくことになる。一定の仕事をこなすと、ギルドから試験の意を込めた指定依頼が斡旋され、その仕事を完遂すると、以後は一人前の冒険者として、依頼掲示板から自由に仕事を選択することができるようになる。

依　頼

依頼者はギルドの受付に冒険者の手配を申請する。ギルドはその依頼を、掲示板に公開することで引き受け手を探す。冒険者たちは自分たちの力量にあった仕事を掲示板から選ぶと、受付に申請して依頼人との仲介をしてもらう。

ギルド職員

ギルド職員には引退した冒険者たちが多く、後進たちへ技術の継承なども行う。

第一章

冒険者

1

冒険者ギルド。

人間が住まう領域内の都市であれば、ほぼ例外なく支部が存在している。

その起源は、創世神アナスタシアを崇拝するエメルディア大神殿が、諸外国の介入を防ぐために組織した傭兵《ようへい》ギルドだったとされる。

エメルディア大神殿は、神殿騎士団という独自戦力を組織したため、傭兵ギルドはその役割を終えたが、傭兵そのものは人類の歴史に戦いが尽きない以上需要が絶えることはなく存続を続けた。

初期のギルドに所属する傭兵は四種類存在した。

戦いのみを生業《なりわい》とする者。

人々から依頼を受けて雑務をこなす者。

雇い主を持たずに古代に栄えたレントハイム王国の遺跡に潜り、持ち帰った宝物を売買して生計を立てる者。

人跡未踏の地へと赴《おもむ》き、新たなる遺跡の発見、未知の動植物の発見に従事する者。

やがて、戦いのみを求める者たちとそれ以外の者たちとで組織は分裂。傭兵ギルドから分かれた後者は、新たなる組織を設立した。

冒険者ギルドの誕生だ。

魔物による被害が増加していくと、冒険者ギルドはあっという間に組織として大きくなっていった。

傭兵同様に戦いをこなせるだけでなく、様々な雑用の依頼もこなせる彼らは、魔物との戦いで疲弊した諸国にとっても民にとっても、非常に重宝《ちょうほう》する存在となった。

民にとっては、仕事を依頼する先が一箇所にまとめられたことによって、依頼内容に応じた適切な人材を選ぶことができるようになった。

国にとっては、頻発する国内の魔物被害に対して騎士を派遣する必要がなくなる。場合によっては、民から訴えを受けた国が冒険者ギルドを通して依頼することもあった。

多彩な職能集団が集まる場所——それが冒険者ギルドなのだ。


レムルシル帝国の帝都シムルグ。

シムルグという巨大都市の冒険者ギルドは、東西南北の四つに支部が分かれていた。

その中の一つ——東支部。

三階建ての建物の前に、小さな人影が二つあった。

男の子と女の子。

男の子のほうが歳上か、女の子よりも僅かばかり背が高い。

とはいえ、その男の子も十歳に満たないくらいに見える。

男の子が内開きの扉を押して、中へと入っていく。

「ここが冒険者ギルドかぁ……」

中に入ると大きなホールになっていた。

正面には冒険者と依頼者を仲介する受付のカウンターがあり、三名の職員が座って訪れる冒険者や依頼者に対応している。

右手側には十の大きな円卓が設置され、それぞれの卓には椅子が六脚ずつ。その奥には長いカウンターと十脚の椅子、厨房《ちゆうぼう》らしき場所が見える。

壁には大きな掲示板が設置され、様々な内容の依頼書が貼られている。

そして左手側には階段と、ギルドの横手へ出られるようになっている小さな扉があるだけだった。


男の子はどこか心細げに左腕にしがみついている女の子を促して、真ん中の受付の列に並んだ。

奥の卓を囲んで語り合っていた数人の冒険者や、受付の列に同じように並んでいる者たちが、二人の子供たちへ興味深げな視線を投げる。

冒険者ギルドには子供も所属することがある。

子供の冒険者には、冒険者同士が結婚して生まれ、そのまま両親と同様に冒険者の職に就いたという者が多い。

だが、中には、帝都の外壁の外に広がった貧民街の子供で、成り上がることを夢に見て登録する者もいた。

冒険者はスリや窃盗といった犯罪に手を染めるよりも、よほど健全な職業だ。

奴隷にも劣るような劣悪な環境から脱するために、彼らは冒険者ギルドに所属し、小さな雑務をこなして小金を稼いでいく。

無論、決して楽な道程ではない。冒険者の仕事は命の危険を伴う事が多い。

残念なことに多くの者は、成り上がるその過程で命を落とすか、四肢を失うなどの重傷を負って挫折する。強い意志を持たずして冒険者を目指した子供たちの多くが、その現実に直面し、貧民街へと舞い戻り、安易に稼げる犯罪に手を染めてしまう。そして貧民街に囚われたまま、生涯を終えることになる。

だが、本当にごく少数の者が幸運を手にして、財を成していく。

いつか冒険者として名を上げてやる——。

ほんの僅かしか成功者がいない道とはいえ、夢を追う子供たちは後を絶たない。

ゆえに、この冒険者ギルドに子供がいても珍しいことではないのだが——。

二人の子供たちは、とりわけ幼かった。

男の子の方は、まだ辛うじて冒険者志望の子供に見えなくもない。

服装も継ぎだらけのシャツにズボン。

貧民街出身の子供としてありふれた格好をしている。

だが、その男の子の背中に必死に身を隠そうとしている女の子。

彼女は物語の絵本の中から飛び出してきたような、傍目《はため》にも上等な服を身に着けていた。

今は冒険者ギルド中から多くの視線が集まっていることに怯《おび》えてしまい、不安そうな表情を浮かべているが、将来はどれだけ美しく成長するのだろうと思わせる、愛らしい女の子だった。

周囲の注目を集めながら子供たちが並んでいる列が進み、やがて二人はカウンターの前へと立った。

「こんにちは。冒険者ギルドにようこそ」

受付に座っている若い女性が、緊張した表情を浮かべている子供たちににっこりと微笑みかけた。

(どこかの貴族か商会の子供が、依頼にでも来たのかな?)

受付の女性——ルリア・エバンスは二人の子供を見て思った。

身なりからして、女の子が主人の娘で、男の子が使用人といったところだろうと推測する。

「僕たち、お父さんかお母さんのお使いかな？　お姉さんに話してくれる？」

ルリアの顔を見上げてくる男の子に優しく話しかける。

「ううん、お姉さん。僕たち冒険者になりたいんだ」

「え？　冒険者登録に来たの!?」

ルリアは思わず素っ頓狂な声で返事をしてしまった。

カウンターから身を乗り出すようにして、まじまじと二人の顔を見つめる。

男の子はともかく、女の子はカウンターからやっと頭が出るくらいの背の高さだ。

ルリアが担当してきた中にも子供の冒険者は何名か存在していたが、その彼らと比較してもこの二人――特に女の子はあまりにも幼かった。

「えっと、二人ともいくつ？」

「僕が九歳で、この子が七歳です」

あまりにも幼すぎる。

ルリアは頭を抱えたくなった。

貧民街の子供であっても、冒険者として登録し稼ごうと考えるのは十歳くらいからだ。

ここまで幼い子供は、冒険者ギルドの受付に就職して三年というルリアの仕事歴でも初めてだった。

「うーん……あのね？　冒険者って、とっても危ないお仕事なの。君はともかく、こっちの女の子にはまだ少し早いかな？」

もちろん、全てが危ない仕事ばかりではなかったが、集中力の散漫な子供――特にまだ幼い女の子にできるとは思えない。

ギルドも信用が第一だ。

斡旋《あっせん》した依頼を失敗されてしまうと、冒険者ギルドの信用が落ちてしまう。

それに――。

（この子、どう考えても良いお家のお嬢様よね。冒険者ギルドに出入りして、お仕事をしても大丈夫なのかしら？　可愛らしいし、勝手にふらふらと街の中を出歩いていたら、誘拐されちゃいそう）

女の子は男の子の腰に手を回してしがみつき、顔だけを出している。

「大丈夫だよ。こう見えても僕たち、毎朝特訓してるんだ」

（いやいやいやいや）

ルリアは心の中で首を横に振った。

冒険者というと一般的には、遺跡探索、人跡未踏の地での冒険、人々に危害を加える魔物や害獣の退治、商人や要人の護衛といった荒事をイメージされがちだが、そんな花形とも言える仕事を任される冒険者はほんの一握り。

無名のうちは、道端の草むしりから失せ物探し、荷物運び、土木作業の人足《にんそく》、田畑を荒らす害獣駆除といった、冒険者という字面《じづら》からは想像もできない雑用が多い。

だが、そんな仕事でも報酬が発生する以上、冒険者ギルドとしても信用のおける冒険者を斡旋したい。

男の子の言う特訓がどういった程度のものかわからないが、所詮は子供。簡単な仕事を斡旋するにしても、冒険者ギルドから回されてきた冒険者が、こんな幼い二人の子供だったら、依頼人は不安になるだろう。

（やっぱり、諦めさせよう……）

二人にはもう少し大きくなってから仕事をして貰いたいという考えに至ったルリアは、緊張の色を浮かべつつも、やる気に満ち満ちた表情をしている子供たちの顔を見た。

どう言えば子供たちに冒険者となることを諦めさせることが出来るだろう、とルリアが考えていたその時、

「何してんですか、ルリアさん」

扉から入ってきたばかりの若い男性の冒険者が尋ねてきた。

「げ？　このガキどもは『渡り鳥の宿木亭』の二人じゃねぇか」

「ポウラットさん、この子たちのことをご存知なのですか？」

「ああ。宿木亭の周辺を拠点にしている冒険者なら、ほとんどの奴が知ってるんじゃないかと思います」

実はこっそりと憧れているルリアと言葉を交わすことができて、少し嬉しそうな顔をするポウラット。だが、二人の子供たちが自分を見上げてくるのを見て、すぐに顔をしかめ

た。

ポウラットはルリアより一つ歳下の十八歳。

二年くらい前から冒険者として活動している青年だ。

土木作業の日雇い人足の仕事ばかりをこなし、たまに帝都シムルグ近隣の村への手紙や荷物の配達といった仕事を請け負ってきたポウラットだが、仕事への真面目な取り組み姿勢が評価されて、最近では個人的にいくつかの冒険者パーティーから誘われるようになった。

三名から六名といった少人数で編成される冒険者のパーティー。このパーティーを結成、もしくは誘われるようになって初めて、冒険者人生が本当に始まったと言える。

冒険者ギルドから、そして冒険者の仲間たちからパーティーを組んでも良い、命を預けても大丈夫だと思われるようになって初めて、一人前と言えるのだ。

ポウラットはまだ特定の冒険者パーティーに所属してはいないものの、駆け出しからようやく抜け出したところだった。

（こいつら、ガキのくせにスゲー身のこなしをしてんだよなぁ）

ポウラットは仕事で朝早く起きた時、拠点にしている宿から冒険者ギルドへの道程で、『渡り鳥の宿木亭』の裏道を通る。

その際に、早朝から宿の裏庭で木剣を打ち合っている幼い男の子と女の子の姿を、何度も目撃していた。

最初見た時には、こんな早朝からガキは元気でいいなあと思っていたが、よくよく見ていると、その斬撃の鋭さと身体の動かし方に目を剝いた。

（もしかしたら俺よりも……いやいや、そんなわけがあるか！）

子供たち二人の早朝訓練の光景を思い出し、首を横に振っているポウラットを、ルリアは訝《いぶか》しげに見た。

「どうかしましたか？」

「いえ、何でもないですよ。それより、こいつらどうしたんです？　あ、もしかして宿の亭主のお使いで来たんですか？　仕事の依頼なら俺が引き受けますよ？」

「いえ、違うんです。実はこの子たちが冒険者登録をしたいと……」

（うわあ……ルリアさん。困った表情も素敵だぜ！）

困ったような表情を浮かべて子供たちに目を落とすルリアを見て、ポウラットは思わずニンマリとして見惚《みと》れてしまう。

「子供の冒険者がいないという訳ではないのですが、それでも男の子はともかくとして、女の子にはまだ早すぎると思うんです」

そんなポウラットの表情にも気付かず、ルリアはどう対処したら良いか当惑している。

「僕たちなら大丈夫です！　一生懸命に仕事するよ！」

迷っているルリアに男の子が必死でアピールする。その男の子の陰に隠れて、女の子もコクコクと首を縦に振っていた。

「うーん……二人を知っているポウラットさんとしてはどう思います？」

「……え？　あ、ああ、うん」

ルリアに見惚れていたポウラットは、声をかけられてはっと我に返ると、ゴホンゴホンと見惚れていたことを誤魔化すように二度咳払いをした。

「ああ、まあ登録だけでもしてやればいいんじゃないですか？　そっちのちっこい女の子はともかく、こいつなら少しは仕事できるでしょうし」

男の子の頭をグリグリと撫でながら言った。

ポウラットは男の子が水汲みや買い物で町の中を駆け回っているのを見たことがあった。『渡り鳥の宿木亭』での仕事なのだろう。そして、仕事をしている男の子にくっついて女の子もよく一緒にいるところも見ていた。

ポウラットが訓練の事には触れずに、子供たちがそういった仕事をしていることを教えると、ルリアは一つ頷いた。そして立ち上がると奥にある机の引き出しから冒険者登録用の書類を持って来た。

まだ不安はあるが、力仕事は無理でも宿の買い出しと同程度の雑用であれば、冒険者ギルドでも扱うことがあるので、そういった仕事を斡旋してやれば良いだろうと考えたのだ。

「じゃあ、二人とも名前は書ける？」

「大丈夫」

貧民街出身の子供たちの多くが字を書くことができない。いや帝都市民の子供でも、二人の年頃であればまだ書けない者もいる。

もしもまだ書けないのであれば代筆しようかと思ったルリアだが、男の子はペンをさっと受け取ると、差し出した書類にスラスラと自分の名前を記入した。

記入するといっても、必須なのは名前と年齢だけだ。住所や配偶者、係累を記入する欄もあるが必須ではない。

冒険者は拠点を設けない者も多いし、係累など知らない場合も多いからだ。

では、何のために書くのかというと、これは契約書も兼ねているのだ。

冒険者ギルドに登録すると、仕事の斡旋の他にも様々な特典が与えられる。

ギルドと提携している宿屋や武具屋、食堂、雑貨屋、薬屋といった各種店舗での割引。

病気や怪我の際の医師への紹介。財産の手形化。信用を得れば、安い金利で借金の申し込みもできる。

その反面、仕事で不慮の事故、やむを得ない事情を除いて冒険者ギルドに不利益を被《こうむ》らせた場合は、ギルドは直ちに報復も含めた対処を行う用意がある。

冒険者登録の書類には、その旨が記載されてあるのだ。

「ウィン・バード……と。じゃあ、ウィン君ね」

ルリアが差し出された書類に目を通して男の子の名前を確認していると、袖口を引っ張られた。

「レティもかく！」

爪先立つようにして精一杯背伸びをしながら、女の子が主張した。

「えっと……お嬢ちゃんにはちょっとまだ早いかなあ」

「かくの！」

さっきまで男の子――ウィンの後ろに隠れていたのに、今は顔を真っ赤にしてグイグイと袖を引っ張ってくる。

「お姉さん、レティも僕と一緒に鍛えたから大丈夫だよ」

「家のお手伝い程度の仕事を回してやればいいんじゃないっすか？」

困っているルリアを見かねて、ポウラットが苦笑混じりに言った。

「書かせないと梃子《てこ》でも動きそうにないっすよ」

子供たちの後ろにはまだ冒険者たちが列をなしている。

書かせてやれば満足するでしょうと言うポウラットの言葉に頷くと、ルリアは仕方なくもう一枚書類を取り出してレティと名乗った女の子に渡した。

「字は書ける？」

「おにいちゃんにならったもの」

背伸びをしても、ようやくカウンターから顔を出せる程度の背丈しか無いので、下敷き代わりに台帳を渡す。

ウィンが台帳を受け取ると、その上に書類を置いた。

「ほら、ここに名前を書けばいいんだよ。あと、年齢だってさ」

ウィンが持つ台帳の上で、女の子は書類にたどたどしい筆跡で「レティ」と記入した。

「じゃあ、ちょっと待っててね」

書類を受け取るとルリアはふぅと溜息を吐《つ》いて立ち上がった。

書類を取り出した机の別の引き出しを開けると、鎖付きの小さな金属製の札を取り出す。

そしてウィンとレティの二人にそれぞれ一つずつ手渡した。

「これが、登録証ね。所属する冒険者ギルド、シムルグ東支部の名称と登録番号が刻まれているのよ。この札は身分証も兼ねているから、絶対に無くさないように注意して」

それからルリアは子供たちのために、冒険者ギルドの仕事内容をわかりやすく説明していく。

駆け出しと呼ばれる間は、掲示板から依頼を受けることができずに、ギルドから斡旋される仕事をすること。

一人前と認められれば、掲示板に貼られた依頼を受けることもできるが、それもギルドの承認が必要であること。

ギルドの登録証は、身分証として使用することができる。

住所不定の冒険者にとって、登録した冒険者ギルドが身元の保証先となってくれるが、登録書にも記されていたように、万が一犯罪行為を行い、ギルドに不利益を被らせた場合には、賠償はもちろんのこと、場合によっては刺客《しかく》を差し向けられる。

仕事の受注と完了の報告の仕方、報酬の受け取り方、冒険者ギルドに登録したことで得られる各種特典を説明しながら、ルリアは二人の子供たちの表情を窺《うかが》う。

（この子たち、私の言っている事を本当に理解出来ているのかしら？）

うんうんと難しい顔で頷いているウィンの横で、レティはポカーンとした顔のまま、時折ウィンを真似して頷いているだけだ。

（この子は絶対に分かってないな）

確信した。

「とりあえずは簡単な仕事からやってみようか」

ルリアは説明を終えると、仕事が記載されている台帳を取り出し、早速二人の前に広げたのだった。

2

ウィンが住まわせてもらっている『渡り鳥の宿木亭』は、酒場に宿屋が併設されている。酒場と言っても、宿に宿泊する客の食事も提供しているため、しっかりとした定食も用意されていた。宿の主人であるランデルの料理の腕前は確かで、夕方から夜にかけては食事を摂《と》る宿泊客だけではなく、商人や職人といった町の人たちで賑わう。

麦酒《ビール》や葡萄酒、料理の注文が店内を飛び交い、厨房《ちゆうぼう》からはランデルを始めとした調理人たちの威勢の良い注文を繰り返す声が更なる活気を生み出していた。

その厨房の隅で、ウィンは額に玉のような汗を浮かべて、ホールから運ばれてくる皿や木杯を、次々と水を張った大きなたらいに放り込んではジャブジャブと洗っていた。

ずっと座りっぱなしなので、時々立ち上がると腰を伸ばす。

「ウィン君、これもお願い！」

「うん」

ホールで配膳を担当する女性が次々と食器を運んで来る。

やがて喧騒に紛れて、町の教会の鐘が打ち鳴らされるのが聞こえてきた。数は六つ。食事を提供する店にとっては、最も忙しい時間だ。

「よし、あともうひと踏ん張りだ」

もう一刻も過ぎれば、食事をする客の流れが落ち着き、後は酒を飲む客だけとなる。下がってくる食器の量も減ってくるので、次に皿を洗いつつ明日の朝食の仕込みに取り掛からなければならない。

ウィンは額の汗を拭うと、仕込みの段取りを考えながら汚れてきたたらいの中の水を入れ替えるために、浸かっている食器を一度外に積み上げ始めた。

「おい、ウィン」

皿を積み上げる手を止めて振り返ると、一足早く調理が一段落したランデルが濡れた手を拭きながらウィンを見下ろしていた。

「ハンナから聞いたかもしれないが、明後日から一週間程度店を閉める。だから明日の食材の仕入れ量を間違えるんじゃないぞ。あまり多く仕入れすぎても腐らせるだけだからな」

「あ、そうか。明後日からお休みになるんだった」

帝都シムルグから馬車で二日、そこにクレナドという都市がある。その町にランデルの妹が嫁いでいた。

その妹から子供が生まれたという手紙が届き、丁度良い機会だということで、明後日からランデルたちは宿をしばらく閉めて妹夫婦宅を訪れるつもりだった。

「他の連中にもしばらく休暇を与えたから、この宿に残るのはお前一人になるが、大丈夫か?」

「うん。僕、一人で平気だよ」

ウィンは頷いた。

「本当ならお前も連れて行ってやりたいんだが……ほら、赤ん坊がいるだろう? マークとアベルもいるし、男の子を三人も連れて行くのは迷惑かと思うしな」

ランデルは気まずそうに手で顎を撫でた。

「火の後始末をしっかりするのなら、厨房で飯作ってもいいから。そうだな……明日の朝に仕入れに行くとき、お前の飯用にパンやハム、肉とか玉子も買っておいてもいいぞ。金は多めに渡しておくから」

「ありがとうございます」

厨房を使わせてもらえると聞いて、ウィンは目を輝かせた。

いつもはまかないを食べることが多いウィン。

『渡り鳥の宿木亭』に一人置いていかれることに寂しさを覚えなくもないが、ランデルの言葉を聞いて少し嬉しくなった。

(パンにハムと玉子をのせて食べようかな)

ウィンは簡単な調理しか出来ないが、この程度の食事でも普段の彼が食べているものから考えれば、非常に豪勢なものだ。

結局その後は、留守番の間何を食べようか、とずっと考え事をしていて、皿を二枚割ってしまい、ハンナから怒られた。


「俺たち、明日からクレナドへ旅行に行くんだぞ!」

自慢気に鼻の穴を膨らませてそう言うのは、『渡り鳥の宿木亭』の長男マーク。彼と弟のアベルを囲むようにして、三人の子供たちが話を聞いていた。

「ねーねー、クレナドってどこにあるの?」

「馬車で二日くらいかかる所だって」

「いいなあ～、馬車に乗って行くんだ」

「そうそう。夜には焚火して、お肉や野菜を焼いて食べるんだ」

「うわあ、楽しそう」

「ねーねー、ウィンくんもいっしょにいくの？」

名前を呼ばれて、裏庭の水瓶の近くでレティと一緒に野菜を洗っていたウィンが振り返った。

ウィンに話しかけてきたのはミラという名の少女。

『渡り鳥の宿木亭』に近い場所にある酒場『月夜の花亭』の一人娘で、マークたちとよく一緒に遊んでいる。

「あいつは行かないよ。だって使用人だもん」

その彼女に答えたのは、マークの弟アベルだ。

「あいつは一人で留守番なんだって」

「ええ？　一人ぼっちでお留守番なの？　ちょっとかわいそうなんじゃない？」

アベルの話を聞いて、驚いた声を上げたのは食堂『路傍の小石亭』のメリルだ。

「ひとりぼっちでさびしくないの？」

「平気だよ。僕、普段から一人で小屋に住んでいるし」

心配そうに聞いてくるミラにウィンは笑って答えた。

「それよりも、一週間も仕事が無いから何して良いのか困ってるかな」

「え？ にんじんさんをあらうんじゃないの？」

話を聞いていなかったのか、困っているというウィンの言葉尻だけを捉えて、ウィンの横にしゃがみ込んでいたレティが言った。

両手にはちょうど洗おうと思っていたのか、人参を一本ずつ握りしめて、困った顔をしている。

「いや、その人参は洗っていいよ。ランデルさんたちがクレナドに行くから、宿が一週間くらいお休みになるんだよ」

両親を失い、この『渡り鳥の宿木亭』に引き取られてから、休日を除けばほぼ毎日のように働いていたのだ。

たまに、二日程度の連休が貰えることはあったが、朝の水汲みと仕込みだけはほぼ毎日欠かさず行っていたし、一週間もまとめてお休みが貰えたのは初めてだった。

「おにいちゃん、おでかけしちゃうの？」

ランデルたちが旅行に出かけると聞いて、ウィンも一緒に行くと勘違いしたのか、レティが顔を曇らせた。

「ううん、僕はどこにも行かないよ。一週間、お休みが貰えたから、何をして過ごそうかと考えてるところ」

「そっか。よかった」

ウィンの返事を聞いて安心したのか、レティは人参を水が張られた桶の中に突っ込むとバチャバチャと洗い始める。

「ねえ、ウィン君」

そんな二人を見ていたメリルがウィンの横まで歩いてきた。

「することがないならさ、私たちと遊びましょうよ」

「うーん、そうだなあ……」

レティが洗った人参の皮を剝いていたウィンは、その手を休めて考えこむ。

宿の営業を再開するまでは自分と、もしかしたらレティの食べる分だけを用意しておけば良い。水汲みも、自分たちで使う分だけ汲んでくれれば良いだろう。

酒場のホールや厨房の掃除にしても、お客が入らなければ毎日する必要も無い。

空いた時間がかなりできそうだった。

「ね、そうしましょうよ」

「だったら、俺と遊ぼうぜ」

メリルと並んでやって来たミラの前に回りこんで言ったのは、桶職人の息子のギルだ。

「マークとアベルもいねーしさ、俺も暇になるから」

両手を広げて、ギルはまくし立てるように言う。顔が少し赤くなっている。

「ほら、レティちゃんも一緒にどうだ?」

「あ……ずっけえ」

ボソリとこぼしたのはレティの事が好きなアベル。

アベルは、ギルがミラとレティの事を気にしているのを知っているのだ。

「ちょっと、ギルじゃま！」

しかし精一杯の勇気を出したであろうギルの発言は、メリルの一言で切って捨てられる。

「ギルはジャックとでも遊んでいればいいでしょう？」

「だってあいつ、太っちょだから鈍いし……」

ジャックもこの『渡り鳥の宿木亭』の近所にある、パン屋の息子だった。ギルが言うとおり少し太っていて、いつもからかわれている。

「私たちはウィン君とレティちゃんを誘っているんだから」

「うぐ……」

「ごめんミラ、メリル。せっかくだけど、その前に冒険者ギルドへ行ってみようと思う」

だがウィンは誘ってくれたミラとメリルに、すまなそうに言う。

「最近、レティと一緒に冒険者ギルドに通ってるんだけど、なかなか仕事ができないからこの機会にいろいろやらせてもらおうかなと思う」

「ぼうけんしゃ？」

ミラが首を傾げる。

「冒険者って、あれだろ？　うちの宿にも泊まりに来る酔っぱらい。ウィンは騎士になるんじゃなくて、冒険者になるのか？」

マークが顔をしかめた。

「冒険者は金を持っている時はいいけど、一度酒が回って暴れ始めると手がつけられないって、よく父ちゃんがボヤいてるよ」

マークはランデルの愚痴を思い出しながら言う。破壊された木製の卓や椅子を眺めて頭を抱えている両親を見たことは、一度や二度では無い。

同様の光景を思い浮かべたのか、酒場の娘ミラも食堂の娘メリルもまた、顔をしかめた。

「何でだよ！　冒険者って、かっこいいじゃないか！　剣を持ってピカピカの鎧を着てさ、ドラゴンとかと戦ったりするんだぜ？」

「ドラゴンと？」

マークに反論するアベルの言葉に反応したのは、現実の冒険者とはあまり接点を持たない桶職人の息子ギル。

「そうそう。この間もよくうちに泊まる冒険者のルパードさんっておっちゃんが、悪い奴らにさらわれた女の人を助け出したり、家よりもでっかい魔物をやっつけたって話してたよ」

「本当に？　すっげー！」

「だろう？　俺も大きくなったら冒険者になってさ、悪い奴らをやっつけるんだ」

「へえ……冒険者か。ちょっとかっこいいな。俺も冒険者になろうかな」

「ルパードさんの話は嘘ばっかりだって、父ちゃんが言ってたよ……」

若干興奮気味に話している弟アベルとギルに苦笑を浮かべるマーク。

「冒険者かあ……大事なお客様だけど、何だか乱暴者って感じもあるのよね。ウィン君があんな風に暴れん坊になるのは嫌だな」

メリルの呟きにミラも頷く。

「ええ？　冒険者って気の良い人たちばかりだよ？」

そう冒険者をかばおうとするウィンも、

「……お酒さえ、入っていなければ」

という一言を付け加えたのは、宿の酒場で酔っ払って暴れられ、割れた皿や陶製の杯の後始末を数えきれないほどしてきたからだろう。

「とにかく、一度ギルドに顔を出して、何か仕事が無いか聞いてみようと思うんだ。ミラ、メリル。せっかく誘ってくれたのに、ごめんね」

「う、ううん。やることがあるのならいいのよ」

「そうそう。全然気にしなくていいよ」

なぜかミラとメリルは、二人して顔を赤くしながら、ブンブンと首を横に振った。

「でも……なんだか、すごいなあ」

「え？　何が？」

「ウィン君、大人たちといっしょにお仕事するんでしょう？」

「俺だって、父ちゃんを手伝って、桶用の板を割ったりするんだぜ？」

「それはお家のお手伝いでしょ。大体、あんた言うほどお手伝いしてなくて、遊んでばかりじゃない」

口を挟んだギルにメリルの容赦無い突っ込み。

「人に頼まれたお仕事をするのって、なんだか大人みたいでかっこいい」

「そんなことないよ」

目を輝かせて言うミラに、ウィンは照れて頭を掻く。

「別に大したお仕事をしているわけじゃないし。誰にでも出来る程度だから」

「でも、大人の人たちと同じように働いてお金もらうんでしょう?」

「うん。まあ、そうなんだけどね。でも、まだ子供だからルリアさんから簡単なお仕事を紹介してもらってるんだ」

「ルリアさん?」

「冒険者ギルドの受付のお姉さん」

「へえ……」

レティが洗ってくれた人参の皮を剝きつつ話すウィンに、子供たちは感心しきりだ。彼らも家業を手伝うことはあるが、他人からの依頼で仕事をするということはない。

ウィンが大人と同じように扱われているようで、どこか羨ましい。

「ほら、あんたたちもウィン君を見習いなさいよ」

「なんでメリルが威張ってるんだよ……」

偉そうに腰に手を当てて言うメリルに、この中では一番歳上のマークが呆れたようにぼやいたのだった。

3

冒険者ギルドの受付カウンターに座るルリアの元に、二人の幼い冒険者——ウィンとレティが元気よくやってきた。

「こんにちはぁ！」

「こんにちは！」

「はい、こんにちは」

（この子たち、頑張るわね）

ルリアの期待以上に子供たちはよく働いていた。

普段は『渡り鳥の宿木亭』で仕事をしているため、月に数回しか冒険者ギルドに顔を出すことはなかったが、ウィンとレティの二人は確実に仕事をこなしていた。

ルリアが当初懸念していた失敗もほとんどない。

仕事と言っても、冒険という言葉が相応《ふさわ》しくない雑務ばかりだ。

ウィンとレティの二人がこれまでこなしてきた仕事は、駆け出しに相応しい失せ物探しや、大商人の邸宅の草むしり。

失敗しても大きな損害は被らず、むしろ失敗のしようが無いといえる仕事ばかりだ。

これらは、駆け出し冒険者としては順当な仕事ばかりなのだが、物語の中で語られる英雄のように名を上げることを夢見る若き冒険者たちにとっては、「その程度の仕事を頼むなよ」「使用人にでもやらせろよ」と、愚痴をこぼしたくなっても仕方がないものだ。そんな彼らと同じように、ウィンとレティもきっとすぐに愚痴をこぼすだろうとルリアは考えていた。

大邸宅の草むしりなど大人の冒険者でも遠慮したくなる退屈な仕事だ。草むしりをするくらいなら、土木作業などで人足でもしたほうが鍛えられるし、身体も動かせる。そして報酬も安いため、引き受け手がいない。

そこでルリアはそんな仕事をウィンとレティに斡旋した。

草むしりは二人の年頃の子供にとっては決して楽しい作業ではない。遊びたい盛りの年頃なのだ。退屈な仕事ばかりの冒険者など、飽きてすぐにギルドへ顔も見せなくなるだろうと考えていた。

貧民街出身者であればともかく、ウィンは宿で仕事に従事し、レティは身なりからして金持ちの娘のようだ。わざわざ自分たちから危険な冒険者になる必要は無い。

冒険者になることを諦めてくれればと考えての事だった。

ところがウィンとレティの二人は、ルリアの目論見《もくろみ》に反して嬉々として仕事をこなした。

ウィンが一生懸命に仕事をすれば、レティも彼の真似をする。彼女も白い顔や手足を日焼けで赤くして、高そうな服も泥だらけにしながら一緒に仕事をしていた。

一日の仕事を終えて冒険者ギルドへと帰って来たレティを見て、ルリアは彼女の両親がギルドに怒鳴りこんで来たりしないかハラハラしたものだ。

幸いなことに、ルリアの心配が現実となることはなかったのだが、どう考えても草むしりなどお金持ちのお嬢様がして良い仕事ではない。

ルリアの複雑な思いをよそに、二人はせっせと仕事をこなしていた。

他の駆け出し冒険者たちは、そういった安くて面倒くさい仕事をウィンとレティが引き受けてくれるので内心喜んでいた。

「そういった仕事は、あのウィンとレティちゃんにやらせればいいだろ。なあ、もっと大きな仕事をやらせてくれよ」

受付をするルリアたちに向かって、堂々とそう言い放つ駆け出し冒険者もいた。

ルリアたち冒険者ギルドの職員たちは、そんな彼らに冷ややかな眼差しを向ける。そして、同様にベテランと呼ばれる冒険者たちも彼らの事を内心で嘲笑っていた。

半人前の駆け出しにお似合いのつまらない仕事と思われがちだが、実はこういう仕事がバカにならない。

街の通りの掃除、街中に流れている水路の掃除、工事現場の人足。安全な街の中で仕事をしていくことで、駆け出しの冒険者たちは、体力や技術、さらには人脈、情報収集能力などを身につけていく。

それに多くの場合、こういった小さな雑用を依頼してくるのは、貴族や大商人といった富裕層。生活に余裕がある者たちだからこそ、小さな雑事に人を雇いお金を払うことができる。

最初は小さな繋がり。相手は雑用を依頼した駆け出し冒険者など、使用人に応対を任せてロクに顔を合わせることもないだろう。

しかし、小さな仕事でもコツコツとこなしていけば、やがてその「失せ物を捜して欲しい」「草むしりをして欲しい」という依頼を出していた富裕層からの信頼を得て、彼らと面識を持つことが出来るかもしれない。

そしてそのコネが将来、貴族や大商人からの指名依頼となって、冒険者へ大きな利益をもたらす例は多いのだ。

冒険者ギルドとしても、貴族や大商人から指名される有力な冒険者を抱えることは、大きな利益となる。

そのために、冒険者ギルドは駆け出しの冒険者へそういった仕事を斡旋する。

仕事をこなしてくれれば、金持ちたちは次もまた冒険者ギルドへと依頼を持ち込むだろうから。

そういった事情を知っているベテランの冒険者たちは、駆け出しの冒険者たちがみすみすチャンスを逃していることを嘲笑する。

請われれば教えるが、わざわざ自分から教えようというものはいない。

駆け出しであっても同業者だ。限られたパイを分け合うライバルは少ないに越したことはない。

しかし、駆け出しらしく雑用でも一生懸命頑張っている後輩ならば、目を掛けたくなるのが人情というものだ。

「ウィン、レティちゃん。久しぶりだな」

「今日は宿の仕事は休みなのか？」

「仕事ばかりしてないで、たまには遊べよ」

仕事から帰って来たばかりの冒険者のパーティーが、二人とすれ違いざまに声を掛ける。

わずか九歳と七歳の小さな冒険者は、少しずつベテランの冒険者たちに顔を覚えられ始めていた。


「一週間くらいで出来そうなお仕事はありますか？」

「あら、どうしたの？」

「ランデルさんたちが……あっ、えっと……ランデルさんって人が宿屋の主人なんだけど、一週間くらいクレナドに行くから、お仕事がお休みになったんです」

「そうなんだ。じゃあ、ちょっと待っててね」

頭だけでもカウンターの上に出そうと、必死に背伸びをしているレティの柔らかい髪を撫でてからルリアは席を立ち、依頼書の掲示板から一枚の紙をはがして二人の前に広げてみせた。

「そうねぇ……ちょうど良さそうな仕事があるわ。これなんてどうかしら？」

「……鶏小屋の見張り番？」

「そうなの」

ルリアは帝都近辺の地図を引っ張りだすと、カウンターに広げてみせた。

帝都シムルグは堅固な壁によって囲まれた都市だ。

外壁の外には貧民街があり、その外側には肥沃《ひよく》な草原が広がっている。そしてその草原にはいくつもの農園が存在していた。

ルリアはその農園の一つを指差す。

「この草原の一番端にある農園からの依頼。鶏小屋や畑の野菜が、最近よく荒らされているらしいの」

「狼のような獣か何かの仕業《しわざ》ですか？」

「そこまではちょっと分からないみたいなんだけど……」

ルリアはウィンの目がみるみる輝くのを見て、言葉を切った。

ウィンがカウンターに身を乗り出さんばかりになっているのを見て、内心で「しまった！」と思う。

「……あのね？　あくまでも見張りだからね」

「ええ～？　やっつけるんじゃないの？」

「畑を荒らしている犯人の正体が何なのか、見つけてもらうだけでいいの。やっつけるのは、まだあなたたちでは危ないからダメ！　畑を荒らしている犯人の正体がなんであれ、やっつけるのは別の冒険者にしてもらいます」

実力のある冒険者を雇うには高額な報酬が必要となる。拘束期間が長い仕事であれば、その期間中の費用も払わなければならない。そこでまずは実力的には劣るが依頼料の安い駆け出しの冒険者を雇って先に調査をしてもらう。そして、被害を与えている存在を突き止めてから、実力に見合った冒険者に依頼したほうが安く上がるのだ。

「……僕たちだって冒険者なのに」

ルリアにきつく言われたためか、ウィンが少し拗《す》ねたような口調で言う。

年齢の割には大人びているウィンが、まだまだ歳相応の様子を見せたのでルリアはクスリと小さく笑った。

「これだって大切なお仕事なのよ。被害を与えているのが動物なのか、それとも別の何かなのか。正体を突き止めて、きちんと対処していくためには必要なお仕事なの。わかる？」

ルリアに言われてウィンは小さく唸りながら考え込み、しばらくして納得したのか、

「うん、わかったよ」

「お前ら、事前調査の仕事を受けるのか？　なら俺が一緒に行ってやろうか？」

「あら、ポウラット君。こんにちは」

そこにポウラットがやって来た。ルリアとウィンたちの会話が聞こえていたのか、ポウラットが横から覗きこもうとする

「へえ、農園の夜番か。俺もやったやった」

カウンターの上に広げられていた依頼書を取り上げて目を走らせたポウラットは、どこか懐かしそうに言った。

ポウラットは駆け出しから抜け出ようかという冒険者。当然こういった事前調査の仕事も何度かこなしてきている。

「あっ……」

ようやくカウンターによじ登るような形で頭を出すことに成功したレティが、依頼書を覗きこもうとして、目の前でポウラットに取り上げられ小さく不満の声を上げる。

「おっと、悪い。レティちゃんも見たかったのか」

レティが泣きだしそうに顔を歪めたので、慌ててポウラットは彼女へ依頼書を渡してやる。

依頼書を受け取ったレティは、あっさりと機嫌を直し興味深げにそれを眺めている。

ポウラットはほっと息を吐くと、ルリアとウィンの二人を見た。

「どうでしょう、ルリアさん。俺がこの子たちと一緒にパーティーを組んで仕事してみれば、危ない目に遭わすこともないと思いますよ」

「ポウラット君とウィン君がパーティーを？」

「この依頼、牛とか羊が被害にあっているんですか？」

「今のところ、依頼者から聞いているのは、鶏の玉子や畑の野菜が盗まれているらしいということなのだけど」

「だったら、鼬《いたち》とか狐、猪のような野生の獣の可能性が高そうですね。数が少なければ、俺でも追っ払えるかもなあ」

ポウラットは冒険者ギルドでも、そろそろ一人前の証として指名依頼に推薦しようかと考えていた冒険者だ。

依頼書に書かれている被害の規模は小さいものだし、同じ野生動物だとしても狼や野犬の群れほど危険度は高くないように思える。子供たちにポウラットが加われば、わざわざ高額の冒険者を斡旋しなくても、彼らで十分対応が出来るかもしれない。

ルリアにはなかなかの妙案のように思えた。

「そうですね。ウィン君はそれでもいい？」

「ポウラットさんと一緒にお仕事するんですか？」

「まあ、パーティーに俺が加わる分だけ報酬減るけどな。でもそのかわりに犯人を追っ払うことができたら、報酬がその分上乗せされるだろうし、それほど損な話じゃないと思うぜ」

「どうかな、ウィン君。ポウラット君とパーティーを組んで一緒にお仕事してもらえるかな？」

「パーティーか……うん。僕は大丈夫です。ポウラットさん、よろしくお願いします」

「う～……………ん!?」

難しい顔をして唸りながら、依頼書を何とか読もうとしていたレティが、横でウィンがペコリと頭を下げたのに気づき、慌てて自分も真似をして頭を下げた。

「よ、よろしくおねがいします！」

(なにこの子、可愛すぎる！)

ウィンを横目で見ながら真似をするレティに、ルリアは内心で身悶えしそうになった。

思わず笑みがこぼれてしまう。

「じゃあ、ポウラット君。この仕事をお願いしますね」

「あ、ああ！　任せて下さい！」

好意を抱いているルリアに頼られて、ポウラットは顔を紅潮させて思い切り胸を叩いてみせた。

だが、そんなポウラットを無視してルリアは広げた地図にもう一度目を落とす。

依頼してきた農園から少し進んだ先あたりに、帝都の外周部に広がる森の先端が伸びていた。

(本当に森の獣が出てきているだけだったらいいんだけど……)

4

『渡り鳥の宿木亭』の主人であるランデルとその家族たちが、クレナドに向けてシムルグを出発したその日。

早朝、いつもどおりの時間にやって来たレティと一緒に日課の鍛錬をすませたウィンは、ランデルたちが出発するのを見送った。

いつもであれば鍛錬を終えた後、すぐに宿の昼営業用の仕込みへと入るために、ウィンは朝食を摂ることはない。昼の仕込みを終えた後で、宿の朝食の残り物を使ったまかないで朝食兼昼食を済ませていた。

しかし、今日は宿も休みで昼の仕込みもない。

無人となった宿の厨房をさっそく借りて朝食を作ることにした。街の中を駆け回り、激しい木剣の打ち合いをした後だ。腹ペコだった。

普段は鍛錬を終えた後、ウィンが仕事をするので一度家に帰っていたレティが、今日は帰ることなく一緒に厨房へとついてくる。

家の人には、遊びに行くと言って出てきたらしい。

「よしよし、レティの朝ごはんも作るからね」

軽く炙《あぶ》ったパンの上にバターを塗りたくり、その上にレタスとトマトをのせて、さらに薄く切ったハムをのせる。

それから玉子を割って目玉焼きにする。

ジュージューと玉子が焼ける音と、香ばしい臭いが厨房内に立ち込める。ウィンの横ではレティが、その様子を食い入るように、目を真ん丸くして見つめていた。

お腹をグーグー言わせて早く早く、と急かすレティをなだめながら、宿の酒場兼食堂の卓に料理を持って行くと、二人はさっそくパンに齧《かじ》りついた。

「おいしい！」

満面の笑みを浮かべたレティ。ウィンもウンウンと頷いてみせた。

新鮮でシャキシャキとした歯ごたえのレタスとトマトの酸味。そしてハムの程よい塩気とバターの風味が口の中一杯に広がる。

頷いた拍子に黄金色をした玉子の黄身が、とろりとパンから零《こぼ》れ落《お》ちそうになり、ウィンは慌てて垂れてくる黄身ごとパンにかぶりつく。

黄身の甘味が美味い。

お腹が満たされる喜び。

ウィンとレティは夢中でパンを食べる。

朝食を終えたウィンは、口の周りを玉子の黄身でベタベタにしたレティを水瓶の傍に連れて行くと、綺麗に拭いてやった。

それから、厨房に火の気が無いことを確認すると、しっかりと戸締まりをしていく。

途中、今日は『渡り鳥の宿木亭』が休みと知らなかった常連の客が数人訪れたので、丁重に一週間くらい店が休みであることを告げる。

「よし、こんなものかな。レティ、二階の部屋の窓とかも開いてなかったよね？」

「うん。ぜんぶしめてきたよ！」

「じゃあ、そろそろ冒険者ギルドに行こうか」

「はーい」

レティを促すと、裏口から外へと出た。

しっかりと錠を掛けてから冒険者ギルドへと向かう。

冒険者ギルドに行くと、すでにポウラットがやって来ていた。

「おはようございます、ポウラットさん」

「お……おはようございます」

「おう、早いなお前ら」

待ち合わせの刻限よりも少し早い時間。ポウラットは冒険者ギルドに併設されている酒場で食事を摂っていた。

「お前ら、もう飯食ったのか？　農園までは結構な距離があるからな。歩いて行くと到着は日が暮れる前くらいになるぞ」

「僕たちはもう食べてきました」

「おにいちゃんがつくってくれたの。おいしかったあ」

「そうか。じゃあ、ちょっと待っててくれ。急いで食うからさ」

パンを、薄く切った玉ねぎと人参が浮かんだスープに浸して、ポウラットは貪《むさぼ》るように喉に詰め込む。

それから立ち上がると、

「よし、じゃあ行こうか。今日は良い天気。絶好の冒険日和《びより》だぜ」

ポウラットはパーティーを組む幼い冒険者二人に片目をつぶると、先頭に立って冒険者ギルドの扉を出たのだった。


帝都をぐるりと囲む外壁の門から外に出ると、廃材を利用して建てられた、粗末な小屋が建ち並ぶ貧民街が広がっている。

建物も道路も石造りの帝都市内と違い、剥き出しの地面と雑草が生え放題となっている。

街道沿いでは、古着や中古品を商品としている露店が並ぶ。あきらかにガラクタにしか見えない品物、やせ細った芋や豆、萎《しな》びた野菜が露店に商品として並んでいる。芋を使って作った自家製らしき安物の酒を売る店もあった。

帝都市内にある商店や市に並ぶどの露店よりも安い値段で、どれも怪しげな商品ばかり。

しかし、ごく希《まれ》に掘り出し物も存在するため、道行く商人や旅人が時折足を止めては露店を覗いていた。

この貧民街は、市民税を納めることができず帝都市内に住めない貧しい人々や、魔物との長い戦争で故郷を失い、流れてきた者が暮らしている場所だ。

必然的に犯罪発生率も高かった。

帝都から農園が広がる地帯、そしてさらにその先の町や村へと向かうには、どうしてもこの貧民街を通らなければならない。

それでも街道沿いは衛士たちの目が光っているため、それなりに安全ではあるのだが、あくまでも貧民街としてはというただし書き付きだ。ポウラットは子供たち二人に、決して自分から離れないように言い含めてから歩く。

特にポウラットの目から見て危険なのはレティである。

明らかに上等な服を身に着けているのだ。

誘拐犯にとっては格好のカモだろう。

レティは自分がどれだけ危ういところを歩いているのか、あまりよく分かっていないのかぴょんぴょんと飛び跳ねるように無防備な足取りで歩いている。

目を離すと、あっという間にはぐれてしまいそうなので、ウィンは彼女の手をしっかりとつないでいた。

ポウラットは二人の子供たちに注意を払いつつ、良からぬ視線を向けてくる連中を威嚇しながら進む。

ここの連中の武器は錆びた短剣やナイフ、手作りの槍といった劣悪品がせいぜいだ。

すでに幾度かの実戦を経験し、命のやりとりをしてきたポウラットの装備している武器と鎧はしっかりとした拵《こしら》えのもので、その姿は様になっている。

そうなると、たとえ冒険者が一人だけだとしても、このパーティーを襲うのは、貧民街のちんぴらにとってリスクが高い。

数に任せて襲っても、何人かは致命傷、もしくは重傷を負わされるだろう。

レティを絶好の獲物を見る目で見ていた多くの者たちが、子供たちの後ろを歩くポウラットを見て諦めることになった。

油断さえしなければ、襲われることはない。

やがて、建っている粗末な小屋の数がまばらになり、見渡す限り広がる草原地帯へと出た。

所々で草を食《は》む羊や豚、牛。柵によって仕切られた畑も見られた。

帝都市民の胃袋を支える、広大な草原を利用した農園地帯だ。

その草原の向こう側に、こんもりとした森と山が霞んで見えた。

依頼のあった農園は森の近くだ。

まだまだ距離はあったが、ポウラットとウィンはほうっと二人同時に大きくため息を吐き、顔を見合わせて笑いあった。

どうやらウィンも貧民街の剣呑《けんのん》な雰囲気に緊張していたらしい。

「どうしたの？」

ただ一人、その空気に気づいていなかったレティが、唐突に笑い出した二人を不思議そうに見上げた。

「なんでもないよ」

そのレティの頭をポンポンと撫でて、ウィンが答えた。

「やれやれ、仕事をする前に疲れた気分だ」

ポウラットは腰の皮袋を外して中身を一口飲んだ。それからウィンへと差し出す。ウィンが口に含むと中身は水ではなく甘い果実の汁だった。

少しぬるくなっているが、緊張で渇いていた喉にはとても美味に感じる。

二人が美味しそうに飲んでいるのを見て私も飲みたいとせがんでくるレティに、ウィンは皮袋を手渡す。

「レティも！」

「そういえばお前たちって、本当の兄妹じゃないよな？」

「違うよ。レティは友達だよ」

「友達かぁ、いいよなお前ら。俺も本当ならルリアさんとこういうところを一緒に歩きたいぜ」

九歳にして可愛らしい女の子を手懐《てなず》けているウィンの頭をガシガシと乱暴に撫でながら、

ポウラットはボソリとこぼした。

気づくと道端の花や、蝶などの虫に興味を惹かれて立ち止まってしまうレティ。

何が面白いのかいつまでもじーっと花を見つめ続けているレティに、何となく付き合ってやりながら、ポウラットは頭の中で今回の依頼の内容について考えていた。

（ふぅ、ルリアさんがこの二人に仕事を斡旋したくらいだから大丈夫なんだろうけど、やっぱり少し不安になってきたな）

見つけた花について嬉しそうにウィンへ報告しているレティを見て、ふとポウラットは思案の表情を浮かべる。

（そういえばこの子は、ちゃんと家の人に言って来ているんだろうな？）

レティの身なりは間違いなく、上流階級のお嬢さんにしか見えないものだ。

（これ、何も知らない人から見たら、俺がいいとこのお嬢様を誘拐しているように見えるんじゃないの？）

思わず周囲を見回してしまう。

日はすでに頂点を過ぎて傾きつつあった。羊飼いたちが羊を追っているのが見える。

「日が暮れる前に依頼人の待つ農園に着かないとな。ほら、ウィン。ちゃんとレティの手を引っ張ってついてこいよ」

ポウラットは不安に駆られながらも二人の子供たちを急かして歩く。

そしてその不安は――。

「きゃあああ！　人さらい!!」

「ちっがあああああう！」

目的地に到着してからすぐに的中した。

三人を出迎えた依頼人の女性は、浮かべていた笑顔を凍りつかせて絶叫――慌ててポウラットも叫び返したのだった。

第二章

真夜中の来訪者

「大声出してごめんなさいねぇ」

二十代後半くらいだろうか——ローラと名乗った依頼主の女性は、ポウラットを人さらいと間違えたことをあやまりながら、三人を小屋の中へと招き入れてくれた。

ローラの足元には茶色い毛並みの牧羊犬がいて、耳をピンッと立ててジッと三人を見つめていた。だが、三人が主であるローラに招かれて小屋の中に入ってくると、チロチロと炎を上げている囲炉裏の側へと歩いて行って丸くなる。

それを見て犬に触りたかったウィンが少し残念そうな表情を浮かべた。

ちょうど夕食時ということもあって、ローラは料理を作っていたところだった。

鶏の肉と畑で採れたという野菜を入れたシチュー。

炉端に掛けられた鍋はグツグツと煮込まれ、香草の香りが食欲を誘う。

出会い頭のローラの絶叫に驚いて、怯えたようにウィンの背後へと隠れていたレティも、視線が鍋へと釘付けになっていた。

朝食はたっぷりと食べたが、昼食は軽くビスケットだけで済ませていた。

帝都からローラの農園までは距離もあったので、十八歳のポウラットはもちろん、育ち盛りのウィンとレティも腹ペコだった。

「どうせ見張りは夜にしてもらうんだし、一緒に食べる？　夕御飯はまだよね？」

今にもよだれをこぼさんばかりになっているレティに苦笑を浮かべたローラが、三人にそう申し出てくれた。

「えっ？　でもいいのかな？　僕たち、ちゃんと食べ物を持ってきてるよ？」

「遠慮しないの。いつもいっぱい作りすぎちゃうのよ。おばさん一人じゃ食べきれないし、食べていって」

「ウィン、お言葉に甘えて頂こうぜ」

ウィンのお腹も、しきりに空腹を訴えていた。

三人共、携帯食糧として保存できる干し肉に硬いパン、それに干し葡萄を用意してきていたが、鶏肉と野菜がたっぷりと入っているシチューとでは勝負にならない。

「もう少しでできるからちょっと待っててね」

多めに作ってあるとはいえ、食べ盛りが三人だ。

ローラは麦を入れて鍋の中身を嵩増《かさま》しした。それからチーズを取って来ると、削って鍋の中に溶かし込む。

「はい、どうぞ」

炉辺の近くに座り込んだウィンとレティは小さな木の器によそってもらい、木の匙《さじ》で食べ始めた。

「熱いから気をつけてね」

「うん！」

ふぅふぅと息を吹きかけて、熱いシチューを食べるとお腹から温まる。

「うう～……あつい……」

「レティ、ちょっと待って。冷ましてから食べような」

しばし、ウィンとレティの二人は食べることに集中する。

「いや、食事まで頂いてすみません」

「いいのよ、うちにも同じくらいの歳の子がいたの。育ち盛りの子供がいたから、ついついたくさん作りすぎちゃうのよね」

ウィンの空いた器にシチューのおかわりをよそいながら笑うローラの顔を見つつ、ポウラットはシチューをすくった。

鶏肉がゴロゴロ入っていて美味い。

葡萄酒か冷やした麦酒があれば最高だろうな、と思う。

「そっちのとても綺麗なお嬢ちゃんの口にあって良かったわ。着ている服もいいものだし、口にあわないかと思ったけど」

「いえ、とても美味しいですよ」

食べるのに夢中になっているレティに代わって、ポウラットが答えた。彼がいつも夕食時に食べているパン粉を入れて嵩を増したポタージュに比べると、格段にご馳走である。

(ウィンはともかく、意外にレティも食い意地が張っているよな)

ポウラットは苦笑を浮かべた。

どう考えても良いところのお嬢様だろうに、こういう庶民の食事も一生懸命に食べている。

「あまり口に詰め込みすぎちゃダメだよ」

口の中いっぱいに頬張ろうとするレティを注意しながら、ウィンは小屋の中を見回した。

ローラ以外の住人は、彼女から貰った肉の塊に齧りついている牧羊犬しか見られない。

「そういえば、ここにはおばさん一人で住んでいるんですか?」

ウィンの問いにローラは一瞬沈黙し、目を伏せた。

「主人と子供が生きていた頃は、家族でここに住んでいたんだけどね……今はここには私が一人で住んでいるわ」

ローラの家族は両親と自身の三人だけ。亭主と子供を前年に病で亡くしたということだった。

帝都市内にも家があり、現在ローラの両親はそちらにいるという。

「主人が残した畑と家畜たちを守るために、両親と私とで交代でここに泊まりこんで世話しているのよ」

亡くなった亭主と子供のことを思い出したのか、どこかしんみりとした表情を浮かべている。

ゴホンッと、ポウラットは場の空気を変えるため咳払いを一つした。

「ええっと、それで、被害はどのくらい出ているんですか？」

「鶏が数羽と玉子、それに野菜といったところかしら」

「牛とか羊には被害が出ていないんですか？」

「それが全く」

「なるほど。それなら狼や魔物の仕業じゃなさそうですね。鼬か狐かな？　それなら罠を仕掛けたら、俺でも何とかなるかな」

「何か物音とか、獣の声とかは聞こえなかったんですか？」

ウィンも食べる手を止めて、ローラに聞いた。

「特に何も――あっ！」

二人の質問に肩を竦《すく》めたローラが、声を上げて目を大きく見開いた。

「そういえば、いつの間にか鶏小屋の前にキノコや香草が置かれてることがあるんです」

「「え!?」」

思わず、ポウラットとウィンは顔を見合わせた。

「それは被害のあった夜にですか？」

「ええ、本当にたまになんですけど。玉子や野菜を盗られた時に、傍に置かれてあるんです」

レティの器が空になっていることに気がついたローラは、そう言いながら、鍋から新しくシチューをよそう。

「実は今日のシチューにも、置いていかれた香草とキノコが使ってあるんですよ」

両腕を一杯に伸ばすレティに、「熱いわよ」と、注意しつつ、どこかのほほんとした顔で言うローラ。

そのローラとは対照的に、難しい顔をしながらポウラットは考えこむ。

（人間の仕業なのか……？）

物が置かれているとなると、獣や魔物ではない。被害の規模から考えても、窃盗団の仕業のようにも思えない。

玉子と野菜のお代とでもいうかのように、キノコや香草が置かれているのは、窃盗をすることに対して罪悪感を覚えるからだろう。ということは、盗み慣れていない人物が犯人と思えた。

「この農園の周囲に住んでいる人で、俺たち冒険者が今日来ていることを知っている人はいらっしゃいますか？」

「両親とは冒険者を雇うことを相談しましたけど、他に知っている人はいないと思います」

ローラの言葉にポウラットは頷いた。

ここへ来るまでの道すがら、他の農園も横目に見てきたが、どこも豊作のようで、食い詰めているような様子は見られない。

窃盗をするような人物となると、まず真っ先に疑わしいのは貧民街の住民たち、そして戦争で住む土地を失った難民たちだ。

「最近、この辺りに流れてきた難民が犯人かもしれないな」

ここは貧民街からは距離が離れていることもあり、ポウラットは犯人が難民ではないかと推測する。

近年、レムルシル帝国の東方の国、クイーンゼリア女王国で王家と軍による大規模な内乱が続いている。魔物と人類の戦いにおいてもクイーンゼリア女王国は最前線となっており、政局の混乱も手伝って国内の治安は悪化の一途を辿っていた。

戦災によって土地を失った難民たちが国境を越えて帝国へと流れ込んでいた。

難民たちの多くはウィンたちが通ってきたような貧民街に住み着くことが多いが、中には山岳部や森林部の奥深くに根城を作って旅人や近隣の村を襲う盗賊団に身を落としてしまった者もいる。こうした彼らの存在は、レムルシル帝国を含め後方近隣諸国の頭を悩ませる大問題となっていた。

ポウラットは立ち上がると、格子状になった窓から外の様子を窺う。

すでに日は落ちて、辺りは闇に包まれている。闇の中にぽつりぽつりと明かりが見えるのは、別の農園の明かりだろう。そして明かりが見えない方角には、真っ暗な森が見えていた。

(森との距離から考えたら、この農園は絶好の獲物だな)

男手の無い、女一人の農園。

今はまだ、鶏卵や野菜を盗む程度だが、こうした行為は徐々に大胆になっていくものだ。まだ人か獣か犯人はわからないが、被害の小さいうちに冒険者ギルドに依頼してきたのは正解だと思う。

「ウィン。食べ終わったら、鶏小屋周辺をちょっと調べてみてくれないか？」

「わかった」

器の中に残っていたシチューをかきこむように食べると、ウィンは勢い良く立ち上がる。

「ええ!?　レティもおにいちゃんといっしょにいく！」

それを見て、レティもまた立ち上がろうとしたが——。

「レティ、ちゃんと残さず食べないとローラさんに失礼だよ」

ウィンが注意する。

「でも……」

「とりあえず、レティちゃんはここでお留守番だ」

ポウラットも席に戻ると、そう言った。ウィンはともかく、犯人が獣ではなく貧民街の人間、もしくは難民だったりしたら、こんな上等な服を着ている、どこぞのお金持ちのお嬢様にしか見えないレティは、確実に人さらいの対象になるだろう。

頬を膨らませて不満そうなレティと、その彼女を説き伏せているウィンを見る。

(万が一、ここでさらわれてみろよ……俺まで縛り首になるじゃないか)

「レティもぼうけんしゃなのに……」

ウィンが小屋を出て行った後、レティは泣き出しそうな声で呟いている。

「そういえば、こんなにも幼いのに、この子も冒険者をしているんですね」

レティの呟きを聞きつけたローラが、どこか感心したような声を出した。

「ええ。ちびっこいですし、ウィンもレティちゃんもまだまだ駆け出しですから、こういった見張りやお使い程度の仕事しかできませんけどね」

（ただ、実際のとこ、このガキどもの剣の打ち合いはガチでヤバイからなあ）

たとえ戦いの心得のない素人であっても、二人の朝の鍛錬風景を見れば、子供が騎士ごっこと称して木の棒を打ち合って遊んでいるのとはまるで違うことはわかるだろう。ましてや、戦いのために訓練を積んでいる冒険者であれば、なおさらだ。

木剣での打ち合いは、大人でも数回打ち込んだだけで息切れしてしまう。

だが、この子供たちが立ち位置をクルクルと入れ替えながら高速で剣を打ち合い続けるその様子は、ポウラットには、まるで剣舞を踊っているかのように思えた。

冒険者ギルドでも、ベテランの冒険者の多くがウィンとレティの二人に、剣の才能があることを認めている。

「死んだあの子も生きていれば、ちょうどレティちゃんと同じ歳なのね……」

囲炉裏から空になったシチューの鍋を外し、かわりに水をたたえた鍋を火にかけていたローラがポツリと漏らした。

そのローラの呟きには触れないほうが良い気がした。ポウラットは頭をかくと、静かになったレティのほうを振り向き、そして彼女の異変に気が付いた。

「……レティちゃん？」

「どうかされたのですか？」

囲炉裏に新しくくべるための薪を土間へと取りに行っていたローラが、ポウラットの驚いたような声に怪訝そうな表情で部屋に戻ると――そこには、豹変した様子のレティがいた。

晩御飯を食べているうちに日も落ちて、周囲は暗くなっていた。

ウィンは囲炉裏から拝借してきた燃えている薪を松明《たいまつ》代わりにして、鶏小屋の周辺を歩く。

人の気配を感じたからか、小屋の中で丸くなり眠りについていた鶏たちが起きだし、ウィンの持つ松明の明かりに照らされて、迷惑そうに頭をもたげた。

（うーん、何もないなぁ）

しばらく周辺の地面を見て回ったが、足あとのような不審な痕跡は残されていなかった。

もともと、鶏小屋周辺の地面は、鼬を始めとした獣が穴を掘って小屋の中へと侵入しないよう、踏み固められている。足跡など残りにくいかもしれない。

(畑のほうが地面も柔らかいし、足跡が残ってるかも……)

そう思い、ウィンは小屋の裏手に広がる畑へと出た。

満天の星と、月明かりの下、小屋や木々、遠くに連なる山々の陰影が、不気味に映って見える。大人でも気持ちが良い世界ではない。しかし、普段から人気のないまだ真っ暗な早朝に起きだして鍛錬していたウィンは、建物の陰影に怯えることはなかった。

むしろ、宿の仕事から解放されて一人になれる、もしくはレティとだけ一緒にいられる夜のほうが好きだった。

畑の中に足を踏み入れると、地面を松明の明かりで照らし、注意深く進んで行く。

「あった!」

ウィンの予想通り、細長く土を盛り上げられた畝《うね》には、幾つもの足跡が残っていた。

複数人の足跡があったが、これは恐らくローラのものか彼女の両親のものだろう。

だが、それらの足跡に混じって、明らかに子供のものと思われる小さな足跡が、いくつかあった。

足跡を追っていくと、やはり小屋のある方角ではなく、畑の外に広がっている草原へと続いている。その方角からは、川の流れる音が聞こえてきた。

シムルグの街には北東から南西に向けて大河が流れており、ローラの農園の先にも流れている川は、その大河へとつながっている支流の一つだ。

川上には、日が落ちて墨で塗りつぶしたように暗い、こんもりとした森が見える。

(一人で行くのはやめとこ)

暗闇は怖くはないが夜の森は危険だ。人里に近いとはいえ狼を始めとした夜行性の獣、それに魔物も潜んでいるかもしれない。

畑の外、川の方角へと足跡が向かっていることだけを確認したウィンは、小屋へと駆け戻った。

「ポウラットさん！」

小屋の戸を思いっきり開き、中へと飛び込む。

途端、ポウラットとローラの二人が「「シーッ！」」と口元に人差し指をあてる。

ローラが指差す方を見ると、レティが囲炉裏の傍で、小さな身体をユラユラと揺らしている。

ウィンは頷くと、足音を忍ばせてポウラットへ歩み寄った。

「レティ、眠っちゃった？」

丸くなって眠るレティの顔を覗き込む。

「ああ、さっきまで起きてたけどな。というか、いつもあんな感じなのか？」

「レティがどうかしたの？」

どことなく、ポウラットとローラの態度におかしなものを感じたウィンが、レティを起こさないよう声を潜めて二人に尋ねた。

「いや、お前が出て行った後に、レティちゃんの様子がおかしくなってな……」

歯切れの悪い口調で、ポウラットがウィンに説明してくれた。

ウィンが鶏小屋を見に小屋を出て行った後、しばらくしてレティは感情が抜け落ちてしまったかのように、無表情になってしまったという。

――まるで人形のように。

ふらりと立ち上がり囲炉裏の傍に行ってしゃがみこむと、その後、ポウラットやローラが幾ら話しかけても返事もしない。

二人が困惑しながらも見守っていると、やがて満腹感からか睡魔が襲ってきたらしく、レティはうつらうつらと船を漕ぎだした。

そこへウィンが帰ってきたらしい。

「俺もローラさんもびっくりしたんだぜ。お前が出て行くまでは、普通の態度で飯を食ってたしさ」

「うーん、僕といるときはそんな感じになったことは無いよ」

首を傾げるウィン。

「ふーむ……お前といる時のレティちゃん、本当の兄妹のように楽しそうだものな」

「レティちゃんのお家って、どんなお家なの？　身に着けている服とかを見ると、大きなお家のお嬢様みたいな感じだけど」

「レティとお家のことについて話したことは無いよ。僕からも聞いたこと無いし」

「ふーん……そういえば、不思議な話だよな。こんな時間に家に帰らなくても、騒ぎになったりしないんだろうか」

「あまりお家で良い扱いを受けていないのかも……」

そうでなければ、冒険者ギルドに出入りする以前に、ウィンの元へ通うこともできないだろう。ポウラットもローラの発言に頷いた。

神妙な表情を浮かべてレティを見る大人二人。ウィンもレティへと目を向けた。が、すぐにポウラットの袖を引っ張った。

レティのことも気にはなっていたのだが、まずは畑で見つけた発見についてポウラットに伝えなければならない。

「ねえねえ、おかしな足跡を見つけたんだ。畑の中から外に向かって、この小屋とは反対側に向かって続いてた」

「おお！　でかしたぜ、ウィン」

「僕一人だけで、足跡を追わないほうがいいかなと思って、急いで戻ってきたんだ」

「そうだな。良い判断だ」

ポウラットはそう言うと、ウィンの頭を撫でた。

「案内してくれ」

ポウラットは囲炉裏から燃えている薪を松明代わりに一本拝借すると、ウィンを促した。

「レティは？」

「足跡を見に行くだけだからな。寝かしておいても大丈夫だろう」

ポウラットの見立てでは、ウィンはともかく、レティはまだ幼すぎて戦力としては考え難い。正直に言えば足手まといだ。

ウィンがいるからレティも冒険者をしているだけで、おそらく本人はまだ冒険者というものをよく理解していないのではないか。そう思える。

レティはおまけ程度。ポウラットはそう考えていた。

「レティちゃんのことは、おばさんが見ているわ。ウィン君、よろしくね」

ローラがそう言うと、レティを起こすかどうか迷っていたウィンは、決心がついたようにポウラットの横に立った。

「じゃあ、こっちだよ」

ウィンもまた囲炉裏の薪を一本手にすると、ポウラットと二人で外へと出て行った。


ウィンが先頭に立って畑の中へと入って行く。

「ここだよ」

ウィンの持つ松明に、幾つもの足跡が照らしだされた。

「これか。上出来だぜ、ウィン」

足跡は随分と小さい。

「子供のものだな、これは」

しゃがみこんで足跡を見ていたポウラットへ、ウィンが畑の外、小屋のある場所から対角線上にある方向を指差してみせる。

「あっちに行くと川が流れてるみたいなんだ。足跡はそっちに向かって続いてるみたい」

「よし。一緒に辿ってみようか」

ポウラットは立ち上がると、松明で足元を照らしつつ、歩き出した。ウィンがその横に並ぶ。

畑の柔らかい土は、くっきりと足跡を残している。そして畑の中から外の草原へと続いていた。草原では草を踏み倒した痕跡が真っ直ぐ残っている。

「あの丘陵に向かっているようだな」

畑から草原へと出た先には、なだらかに盛り上がった丘陵が見えた。

川はその向こう側を流れているらしい。水害を防ぐための堤は低く、その丘陵の向こう側に消えている。

「シムルグとは逆方向だよね」

「そうだな……ローラさんというか、農園の持ち主に見つからないよう、丘の陰に隠れるように迂回して貧民街へ向かったのか。それとも森の中に難民の集落があって、そこから盗みに来ているのか。あるいは近くに村があって、そこに住んでいるガキが盗みに来ているのかもな」

「この近くに村があるの？」

「町の周囲には、村があちこちとあるもんなんだよ」

丘の——といっても、大した高さではない——頂きに立つと、川の流れが見えた。

夜の暗がりで見えにくいが、川面が月光を反射している。

水深までは目測できないが、橋がなければ渡れない程度には川幅がある。水の流れは緩やかなようだった。

「急に歩幅が広くなってるよ。ここから走ってるんだ」

遠くに目を凝らしているポウラットの足元にうずくまったウィンが、地面を照らしながら言う。

見ると、確かに小さな足跡と、踏みつけられた草が一直線に川へと向かっている。

この丘陵を走って下りているようだった。

ウィンがその足跡を辿って走りだす。

「足元が暗いから気をつけろよ」

ああいうところは子供だなと思いながら、ポウラットもその後を追って歩き出した。

一気に丘陵を駆け下りて行ったウィンは、「あっ」という小さな声を上げて立ち止まった。

「どうした?」

「足跡が無くなってる……」

丘の麓に下りたポウラットが見ると、確かに足跡が途切れていた。

川まであと数メートル手前というところでだ。

「どこにも足跡が見つからない」

周囲を探しまわっていたウィンが、ポウラットの所に戻ってきた。

「もう少し探してみよう」

松明の明かりを頼りに、二人は周辺を隈《くま》なく調べたが、新たな手がかりは見つからない。

足跡の持ち主は、川の数メートル手前で忽然《こつぜん》と消え失せてしまったかのようだった。

「もっと遠くまで行ってみる？」

「いや……こうも暗いと、さすがにこの薪の松明程度の明かりじゃあ、これ以上は調べるのは無理だろう。明るくなってから出直そう。それよりも、今夜は鶏小屋の辺りに身を潜めて、交代で見張りをしようかと思う」

「交代で？」

「深夜と早朝に当番を分けて、誰か来ないか見張るんだ」

「見張り番か……」

ウィンは頷くと、気合を入れるように小さく拳を握った。

「何だか冒険者の仕事をしてるって感じがする！　僕、頑張るよ！」

「ああ、頼りにしてるぜ」

ポウラットは、やる気満々な顔のウィンを見て笑顔を浮かべる。

「そういえばレティはどうしよう？　僕と一緒に見張る？」

レティはローラの小屋で、ぐっすりと眠りこけている。

「レティちゃんはあのまま寝かしてやりな。ウィンは朝早く起きるのは大丈夫か？」

「うん。『渡り鳥の宿木亭』のお仕事は朝早いんだ。それに、僕もレティも、朝早くに起きて鍛錬しているんだよ」

「そうか。なら、最初の見張りは俺がやるよ。朝方に交代してくれるか？」

「うん、わかった」


小屋へと戻った二人は、出迎えてくれたローラに、今夜は鶏小屋付近で見張りに立つことを告げた。

「レティちゃんはあのまま寝かしておいてやろうと思うので、まずはウィンとレティちゃんが先に寝て、俺が見張りに立とうと思います。途中、見張りの交代でこの小屋を出入りすることになるかと思いますが……」

「ええ、大丈夫ですわ。それにしても、この子にいったい何があったのかしらね。私にはまるで何かに怯えているかのように見えるわ……」

ウィンとポウラットが畑の足跡を見に行っている間、ローラはずっとレティの様子を見守っていたようだった。

今も心配そうな眼差しで、レティの方を見ている。

先ほどまで座ったまま船を漕いでいたレティは、今は床で丸くなっていた。そのレティに寄り添うようにして、ローラの飼っている牧羊犬も丸くなっている。

本格的に眠り込んでしまったレティの顔を、忍び足で歩み寄ったウィンが覗き込む。そこへローラが毛布を持ってきてくれた。

「そのまま寝ると風邪をひくから、この毛布を上から掛けてあげて」

ウィンはレティを起こさないよう声を出さずに頭だけ下げると、ローラから毛布を受け取った。そして、そっとレティへと掛けてやる。

床に倒れこんで丸くなった際に、少し乱れてしまったレティの柔らかい金色の髪を、指先で整えてやった。

「ウィン君がいなくなって、レティちゃん心細くなっちゃったのかな?」

ウィンと並んでレティの寝顔を覗きこんだローラが、囁くようにウィンに言う。

毛布の暖かさに包まれたレティが「ほうっ」と小さく息を吐いた。それからモゾモゾと身体を動かすと、毛布を身体に巻き付けるようにして丸くなる。

「さっさと犯人が来るといいけどな。じゃあ、まずは俺から鶏小屋の辺りで見張るから、ウィンも今のうちに寝ておけ」

そう言うと、ポウラットが小屋から出て行く。

ウィンはローラが貸してくれた毛布に包《くる》まると、レティの横に身体を横たえた。

毛布からは日向《ひなた》の匂いがした。

2

真夜中を過ぎた頃、ウィンはポウラットに起こされた。

「うう～、冷える。何も異状なしだ。獣の影すら見えなかったぜ」

ポウラットが鼻をすすりながら、小声でウィンに告げる。

「うう～ん……おにいちゃん、どこ行くの？」

気配に気が付いたのか、ウィンの横で眠っていたレティが起き上がった。

「しーっ！」

ウィンたちとは囲炉裏を挟んで反対側で、ローラが眠っている。ウィンはレティに静かにするように注意した。

「お仕事だよ。鶏小屋で畑を見張るんだ」

「レティもいく……」

「おいおい、大丈夫か？　レティちゃん。眠たければ眠っててもいいんだぞ」

「いくの。レティもおにいちゃんといっしょにおきられるよ」

小さな声だったが、はっきりとレティが言った。

「そうか。じゃあ二人とも、その毛布は持っていった方がいい。まだ夜は冷えるから、包まって見張ったほうがいいぞ」

「大丈夫だよ。普段からこの時間は起きてるし」

「鍛錬のためだろう？　身体を動かしていれば大丈夫だろうけど、見張りは身体を動かさないからな。寒くて風邪でも引いたら、いざというときに動けなくなる」

ポウラットの忠告にウィンは頷いた。

「何か変化があれば、必ず俺を起こしに来るんだぞ」


鶏小屋へとやって来たウィンとレティの二人は、鶏糞の臭いを気にしながらも、畑からは見えない場所に身を潜めることにした。

ポウラットの言うとおり、夜の風は冷たかった。

二人は毛布に一緒に入ると、身体を寄せ合う。

身体をくっつけてくるレティの体温を感じながら、少しの変化も見逃さないよう、畑の方へと目を凝らした。

ウィンの耳に聞こえてくるのは、ホゥホゥと遠くから聞こえてくる梟《ふくろう》の鳴き声と、虫の音《ね》。それからウィンの横にうずくまっているレティの息遣いだけだ。

最初、ウィンとレティの気配に気づいてまたも起きだした鶏たちの動く気配も感じられたが、今はまるで動いている気配がしない。

静まり返っている。

それからどのくらいの時が経過したのか。

(来た⁉)

畑に忍び込もうとする、小さな人影をウィンは見つけた。

何時間もじっとしていたためか、再び襲ってきた睡魔に身を委ねてしまったレティの身体をそっと揺する。

「レティ、レティ！」

小さく可愛らしい呻き声を上げて目をこするレティに、

「畑の方、何か来たよ。犯人かもしれない」

「はんにん？　どこ？」

「あまり身を乗り出しちゃ駄目だよ」

ウィンの横から犯人の姿を見ようと覗き込むレティを後ろへ下がらせる。

「レティ、犯人に気付かれないように小屋へ行って、ポウラットさんを起こしてきてくれる？」

「うん」

レティは頷くと、忍び足で小屋へと向かって行った。

ほどなくして、小屋の方からポウラットとレティがやって来た。

「どこだ？」

小声で聞いてくるポウラットに、ウィンが指差してみせる。

ポウラットは寝起きの目を瞬かせながら、夜闇の中で目を凝らした。

犯人に張り込んでいるのがバレないように、明かりは持って来ていない。しかし、幸いにも今夜は空がよく晴れ渡っており、月明かりが闇を照らしだしている。畑を歩きまわる人影をしっかりと判別することができた。

「子供みたいだね」

そう報告してくるウィンに、ポウラットは同感だと言うように頷いてみせた。

人影の背丈から推測して、レティと同い歳くらいのように見える。

貧民街に住んでいる子供か、もしくは流れてきた者が、満足に食料を得ることができずに、畑から野菜を盗んでいるのかもしれない。

(だけどなぁ……だとすると、どうして足跡が消えていたのかがわからないんだよな)

ポウラットは、考え込みながら視線を落とす。畑にいる人影と丁度同じくらいの年頃のレティが、地面に四つん這いになって、ウィンの下から覗きこんでいた。

(本当にただの子供だとしたら、すぐにでも飛び出して行って、取り押さえることもできるが……)

だが、ポウラットの頭のなかでは、どうしても途中で消えてしまっていた足跡が引っかかっていた。あそこから、どうやって姿を消したのかがわからなければ、迂闊《うかつ》に手を出すことは危険かもしれない。ポウラットが聞いたことがないだけで、もしかしたらそういった能力を持つ魔物が存在している可能性がある。

「どうしよう？　取り押さえる？」

「うーん……」

取り押さえるのはともかく、あの人影がどうやって姿を消したのか調べる必要はあった。討伐を引き継ぐはずの冒険者に、その情報を提供するためだ。討伐に有益な情報となれば、報酬の上乗せも期待できる。

「取り押さえるのはひとまず待とう。それよりも、あいつがどこへ逃げるのか後を追うぞ」

ポウラットの決定に、ウィンとレティは真剣な表情で頷く。

そうしている間にも、小さな人影は今日の収穫物を手に入れたようだ。ヨタヨタと頼りない足取りで、畑の外へと向かって歩き出す。

やはり、丘陵を目指しているようだ。

人影が丘陵の中腹へと差し掛かった所で、三人は身を潜めていた鶏小屋の陰から出た。ポウラットを先頭にして、ウィン、レティと、人影に気付かれないよう姿勢を低くして、慎重に後を追う。

三人が畑に差し掛かる。先程まで人影が漁っていた畝ではキャベツが栽培されていた。スープの具にも良く、塩と香辛料とで発酵させて保存食にもよく用いられる。

どうやら小さな人影の今日の獲物はキャベツらしい。

まだ新しい、むしり取られた痕跡に、一枚の大きな葉にのせた、煎じれば良い傷薬となる苔が置いてある。

人影なりのキャベツへの対価なのだろう。

「丘を登り切ったら走りだすみたいだから、急ぐぞ」

ヨタヨタとした足取りのおかげで、小さな人影の歩行速度はかなり遅い。それでも、すでに丘陵の頂きまでもう少しのところまで登っていた。

三人が足早に歩いて丘陵の麓《ふもと》へ辿り着いた頃、小さな人影は頂きに辿り着いた。

人影は頂きで一呼吸置くと、丘陵の向こう側——川へと向かって姿を消した。

「走れ！」

ポウラットの鋭く小さな号令とともに、三人が走りだす。

ウィンもレティも、早朝の走りこみの成果が出て、ともすればポウラットを追い越しかねない速度で走っている。

三人はすぐに丘陵の頂きへと辿り着いた。

そして——。

「な、にぃ……」

ポウラットは小さく呻き声を上げた。

背中に生えた一対の白い翼――月明かりに照らされ、夜の闇の中でもわかるほど、真っ白い翼を力強く羽ばたかせて、小さな人影が空へと舞い上がっていた。

「……翼人だ。本で読んだことがある……」

ウィンがポツリと呟いた。

峻厳な山岳や深き森林に住む種族。

山岳の民ドワーフも、森の民エルフも、彼ら翼人には尊崇を以て接する。

強大な魔力を持ち、時には神として崇拝されることもある種族だ。

その最大の特徴は、背中に生えている一対の翼。それ以外は、ほぼ人間と同じ外見を持つ。

「なんだって、こんなところに……」

空高く舞い上がっていく人影を呆然と見上げながら、ポウラットは言った。

強大な力を持つがゆえに、時には他種族からは脅威、魔物からは憎悪の対象としてみなされ、ほとんど滅ぼされてしまった。そのため、平野部はもちろんのこと、今では山岳部でも森林部でもまず見られることはない幻の種族。

「なるほど……走っていたのは空を飛ぶのに必要な助走のためか。助走に丘陵の斜面を利用していたんだな。しかし、足跡の謎が解けたのはいいが……」

「追っかけるのは無理だよね……」

「冒険者ギルドで引き継ぐにしても、犯人は翼人でしたってか……信じてもらえるのか」

溜息を吐き、諦めの混じった声音《こわね》で話しながら、ウィンとポウラットは呆然と立ち尽くした。

半ば伝説化してしまったような種族との遭遇。そのうえ、空を飛ばれてしまっては、これ以上追いかけようがない。

翼人は、どうやら川上に見える森を目指して飛んでいる。すでに川向こうで、走って追いかけることもできない。

「飛ぶ前に取り押さえたほうがよかったな」

「でも本で読んだけど、翼人ってとっても強いらしいよ」

「俺も噂や伝承でしか聞いたことがないが、地方によっては神として崇められているらしいからな。何でも、雷や嵐を招くなど、天候すらも自在に操れるそうだ」

背中に翼があること以外、外見は人間と変わらない。ならば、人影の背丈は小さかったので、まだ子供なのだろう。

さすがに雷や嵐を招く程の力は無いだろうが、子供を捕まえることができたとしても、今度はその子供を取り返すべく、大人の翼人が出てくるかもしれない。

そうなると、対抗するには軍隊クラスの戦力が必要となる。一介の冒険者が手に負える相手ではない。

「ねえねえ、どうしたの？」

ウィンとポウラットが、あーでもないこーでもないとぶつぶつと言いながら考えこんでいるのを見て、レティが不思議そうな顔で二人の顔を覗きこんだ。

「おそら、とんでるよ？　おいかけないの？」

「追いかけようにも、空を飛ばれるとどうしようもないぞ」

「やっぱり、明日も張り込んで、盗みに来たところを捕まえるしかないよ」

「だけど、捕まえようとしても空を飛べるんだぜ？　あれは反則だよな」

「罠を作ってみるとか」

「うーん……見たところ、子供なんだよな。ひどい怪我はさせたくないぜ。子供ということを抜きにしても、大人の翼人が報復にでも来たら、シャレにならないぞ。これは俺たちだけでは手に負えない気がする。ベテランの冒険者に頼むしかない」

「ええ？　僕たちだけでも捕まえられないかなあ？　『渡り鳥の宿木亭』は、当分の間はお休みだから、もう一晩見張ってみようよ」

「おいかけないの？」

レティが再び同じ問いを二人にした。

「あのね、レティ。あの翼人さん、空を飛んで逃げちゃったからさ、追いかけられないんだ。それに、こんなにも暗いとすぐに見失っちゃうだろう？」

ウィンは袖を引っ張って尋ねてくるレティに向き直ると、彼女の質問に答えた。

「もう川向こうに飛んで行っちゃったしね……」

丘の上から見ると川幅はかなりあり、向こう岸に渡ろうにも、流れが緩やかなのはわかるのだが、暗くて水深がどの程度あるのかわからない。

「だったら、おそら、とんじゃえばいいいんじゃないかな」

「え？」

ウィンはレティの言っている意味が理解できずに聞き返した。

ポウラットも視線をレティへと向ける。

深刻な表情を浮かべている二人とは対照的に、さも名案を思いついたというように、明るい笑顔を浮かべたレティは、もう一度力強く言った。

「おそらをとんじゃえばいいんだよ、おにいちゃん」

そのレティの言葉と同時に、ウィンとポウラットの頬を優しく風が撫でていく。

レティはウィンを見てにっこりと微笑んだ。

ポウラットは、思わずレティが浮かべたその笑顔に目を見張った。

ウィンが一人で鶏小屋を調べに行って以後、見せることがなかった表情だ。

人形のように端整な顔立ちのレティが微笑みを浮かべると、名高い画家の絵に描かれた精霊のように、儚《はかな》げで幻想的な美しさを感じさせた。

天頂から三人を照らし続ける月光すらも、レティただ一人に光を収束しているかのように感じられる。

いや、月明かりのせいではなく、レティの身体が実際に輝いているように見えた。

ポウラットは思わず目を瞬かせ、そして目をこすった。

目がおかしくなったのか、幻を見ているのか——そう思い、レティをしっかりと見直そうとして——浮遊感を覚えた。

「う、うわっ!?」

ウィンとポウラットの悲鳴が響き、そして三人の身体が夜空へと浮かび上がった。

第三章

翼人の里

1

（おいおいおい、待て、ちょっ、待って！　ちょっと、何の冗談だ、これ！　おい本当に飛んでるぞ。どういうことだよ！）

ウィンとレティ、そしてポウラットの三人は、月明かりに照らされながら、空を飛んでいた。

（お、落ちねえだろうな？　これ、死ぬ、死ぬぞ？　落ちたら間違いなく死ぬぞ？）

喩えるならばシャボン玉だろうか。

大人三人が余裕ですっぽりと入れる大きさの、薄い、半透明の光の膜に三人は包まれていた。足元を見下ろせば、草原を横切るように流れている川が黒い帯のように見える。

「あはは！　すごいでしょ？　おにいちゃん！」

「凄い凄い、レティ！」

顔を真っ青にして、みっともなく手足を振り回しているポウラットを尻目に、ウィンとレティの二人は楽しそうに笑い声を上げている。

「じゃあ、あの子に気付かれないよう、追いかけよう！　レティ、できるかな？」

「うん、できるよ！」

レティは頷くと、横一杯に大きく広げた両手を、えいっと思いっきり上に振り上げた。途端に三人を包み込んだ光のシャボン玉は、三人をさらに上空へと飛び上げる。

「そんな……バカな……」

ポウラットは呆然として、弱々しい声で呟いた。

平民出身のポウラットは、魔法に関して詳しいことを知らない。それでも、今のこの状況が、常識では考えられないことくらいはわかった。

冒険者で魔法が使える者は少ないが、ことさら珍しい存在と言えるほどではない。地方の小さな都市の冒険者ギルドであれば、魔法が使える者が全くいないこともあり得るが、ポウラットが所属する冒険者ギルドは、レムルシル帝国の帝都、シムルグの冒険者ギルドだ。

没落した貴族の家の者や、戦争によって仕える主を失った騎士の家の者が、冒険者へ身を落とした、というケースも多数存在した。

シムルグ程の大都市であれば、貴重な魔導書を読んで勉強する機会の無い平民でも、魔法が使える者もいる。

貴族階級、騎士階級から市井《しせい》へと身を落とした者たちに、幾ばくかの謝礼を支払うことで、火種を点ける程度だが、簡単な魔法を教わることができるからだ。

だから、魔法そのものは珍しいものではない。ポウラットも何度も目にしたことはあった。もちろん、ポウラットが目に出来る程度の魔法は、決して大層な魔法ではないのだろう。

しかし、いまレティが使っている空を飛ぶ魔法。この魔法は、市井に身を落とした貴族・騎士崩れが使えるような魔法ではないことくらいはわかる。

そもそも空を飛ぶ魔法なんて、聞いたことがない。こんな幼い女の子が簡単に使えるような魔法なのだろうか。

ポウラットはゴクリと唾を呑み込み、空を飛んでいる恐怖と緊張で喘《あえ》ぎながら、恐る恐る、はしゃぐウィンとレティに声を掛けた。

「こ、これ、レティちゃんがやっているのか？　レティちゃんは魔法が使えるのか⁉」

「そういえば、レティはいつから飛べるようになったの？」

「うーん……さっき？」

二人の問いに、小首を傾げて答えるレティ。

「おそらをみてたらね、とべるかなあっておもったの。そしたらね、とべたんだよ」

「凄いなあ！　やっぱり、レティには魔法使いの才能があるよ！」

「ええ？　レティ、おにいちゃんとおなじ、きしになりたいなあ」

ウィンの賞賛に、レティは顔をしかめた。

「ほ、本当に大丈夫なんだろうな？　落ちないよな？　おい？」

「大丈夫、大丈夫！」

ウィンは光の膜に両手と顔をくっつけて、下を覗きこんでいた。

（こいつも大概、大物だよなぁ）

気がつけば、ポウラットは滝のような冷や汗をかいていた。シャツがぐっしょりと濡れていて気持ちが悪い。

ポウラットは目を閉じると、こめかみを揉みほぐした。

顔には引きつったような笑みが浮かんでいるのがわかった。もはや笑いしか出てこない。

「は……はは……ははは……」

乾いた笑いではあったが、笑いは精神を落ち着ける効果があると聞く。ひとまず、笑っているうちに、徐々に落ち着きを取り戻すことができた。

確かに足元が不安なことには変わりはないが、子供たちが落ち着いているのに、自分一人だけ慌てているのがバカらしく思えるようになってきた。

「……とりあえず、見つからないように慎重にな」

「うん」

笑いをおさめて、はしゃぐ子供たちに注意だけする。

ポウラットは、ほうっと大きく息を吐くと、遮るものが存在しない空中での広い視界を楽しむことにした。

ジタバタしたところで始まらない。自力ではどうにもできない上に、考えてみれば滅多に経験することができない、空を飛ぶ体験をしているのだ。

（だったら、楽しんだほうが得じゃねえか）

無理矢理、前向きに考えることにした。

ふと、ひりつくほどの喉の渇きを覚えて、ポウラットは腰の皮袋からローラに分けてもらった水を飲む。一息付いたことで、ようやく落ち着いて周囲を見渡すことができた。

月が、星が、雲が、ずいぶん近く感じられた。

（こんな高い場所から俺たちの住む国を見た奴はきっといないだろうな。せいぜい、国に仕える宮廷魔導師くらいなんじゃないか？）

遠くに見える大量の光点の塊は、帝都シムルグの明かりだろうか。そのシムルグから伸びている大河が、月明かりを反射してキラキラと輝いて見える。また外壁の大門から伸びている街道が、まるで白くて太い線を引いたかのように、草原を、森林を貫いて、地平の彼方までどこまでも伸びているのが見て取れた。そしてその先にある大きな光の塊は、クレナドかもしれない。

ふと、足元を見ると、さきほどまで草原だったのが、いつの間にか黒々とした木々が生《お》い茂《しげ》る、森へと変わっていた。

（スゲーなあ。俺は、こういう体験をしたくて冒険者になったんだ……）

こういった未知の刺激を求め、憧れ、楽しむ素養を、ポウラットは十分に持っていたのだ。

2

大木がそびえ立つ森の奥深く。

小さな泉を中心にして、少し開けた場所があった。

そこには、木材を利用して建てられた家屋だったものが数軒。ただし、焼け落ちて炭化した柱と灰、焦げた大地が残っているだけだった。

畑だったと思われる畝には、作物ではなく雑草が繁茂し、森の植物が村を呑み込もうと侵食を始めていた。

絵に描いたような廃村だった。

しかし、不思議なことに、村から外へと伸びる道が一本も存在していない。すでに森に呑み込まれてしまった様子もなく、村から外へと続いているものは、泉から流れ出る細い小川が一本。

ただ、それだけだった。

焼け落ちた村の建物の中で、一軒だけかろうじて焼け残った家屋があった。柱は半分以上焼けてしまい、壁は崩れかけ、屋根は傾いでしまっている。

危なっかしくよろめきながらも、月光の中を飛んできた翼人の少女は、その焼け残った家屋の前に降り立った。

崩れかけた家屋の壁と柱の隙間から、少女は畳んだ翼を引っ掛けないように注意しながら中へと潜り込む。

家屋の中は、傾いだ屋根を崩れかけた壁と焼け残った柱が支えており、かろうじて雨露を凌《しの》げる部屋のような空間を作り出していた。

明かりは無い。

ただ、崩れた壁の隙間から射し込んでいる月明かりだけが、少女を照らしている。

身に着けている服は何日も着たきりなのだろう。少女の髪と翼は、土と埃でドロドロになり、くすんだ灰色になっていた。

天井が低いので、少女は地べたを這うようにして部屋の隅へ移動してうずくまると、大事に胸に抱え込んでいたキャベツに齧りつく。

人の里で盗んできた食べ物だった。

少女がこの村で一人ぼっちになってから数ヶ月——最初は畑に残っていた作物を食べていたが、じきにそれも尽きてしまった。

食べ物を探して森をさまよった。

食べられる木の実、野草、茸の類を探して食べた。

人よりもはるかに長い寿命を持つ少女たちの種族は、成人すると他種族には年齢を計り知ることが難しいが、彼女の年齢は外見通りの幼さだった。乏しい知識で得ることが出来る食べ物には限界があった。

泉から流れ出る小川を辿り、合流した大きな川に沿って行けば、人間の町があることを少女は大人たちから聞いて知っていた。

外部と隔絶されている村ではあったが、外との交流が無いわけではない。

彼女の村の大人たちは空を飛び、翼を隠して人間の町や村へと出向き、交流し、様々な物資を手に入れていた。

しかし、村に一人ぼっちになってしまったとはいえ、一度も行った事の無い人間の町へと行くのは怖かった。

村から遠く離れるのは不安だった。

とうとうある日、森の中でどうしても食べ物を見つけることができなくなってしまった。ついに空腹に耐えかねた少女は、残った力を振り絞ると、翼を羽ばたかせて、生まれて初めて森の外へと出た。

大人たちから聞いていた通りに、川沿いを飛んで行くと、森が切れたところで大きな畑と、鶏や豚、羊といった家畜を飼っている家を見つけた。

食べ物だ。

羊や豚のような大きな動物は、まだ小さな彼女ではどうしようもなかったが、鶏程度なら捕まえることができる。

そして、野菜や玉子も——。

悪いことをしているという自覚はあった。

鶏小屋へと忍び足で近づくと、鶏小屋の地面に転がっていた玉子を二個、恐る恐る手に取ってポケットに突っ込む。

畑には丸々とした瓜《うり》が実っていたので、一個だけもぎ取って抱えると、急いで村へと帰った。

火を使った調理は出来ないので、玉子に小石をぶつけて小さな穴を開けると、そこから中身を生のまま啜《すす》り、瓜は地面に叩きつけて割った。果肉を夢中で頬張った。

甘い味が口の中に広がる。

涙がポロポロとこぼれ落ちた。

その日以来、少女は食べ物への欲求を抑えきれずに、その家に通うことが増えた。

罪悪感から、時には森で採ってきた茸や木の実をその場に置いてきた。

幼くても分かっていた。

いつまでもこういう悪い事が見つからないはずがないと。

だから——。


「みーつけた!」

柱の隙間から、人間の男の子が顔を出してにっと笑っているのを見て、少女は黙っていたキャベツから口を離すと、ただポロポロと涙をこぼした。

「ひでぇな、これは」

翼人の少女を追いかけて見つけた、翼人たちの隠れ里。

空から降りたポウラットは、里の中を歩き回りながら顔をしかめた。

里に住む者が離散したわけではない。明らかに、何者かに襲撃されて滅ぼされた痕跡だ。

森の植物の侵食具合から見て、この里が滅んでまだ半年程度といったところだろうか。

ポウラットも冒険者としてまだまだ経験は浅いが、離散して一年ほどの村を一度だけ見たことがあった。その時の経験から、襲撃を受けただいたいの時期を推測したのだ。

畑の作物は枯れてしまって、雑草に取って代わっていた。中には村が滅んだあとに実ったのだろうが、収穫されることもなく腐り果てているものもある。

「みーつけた！」

ポウラットが村の惨状を見回っていると、ウィンの、少女を見つけたという大きな声が聞こえた。

ポウラットは急いで声が聞こえて来た方向へ走った。

焼け残り崩れかけている家屋の前で、レティが四つん這いになって柱と壁の隙間を覗き込んでいる。

「この中か？」

ポウラットの問いに顔だけ振り向いたレティが頷いた。壁と柱の隙間は子供一人がようやく潜り込める程度しかない。

「おい、ウィン。中はどうなってる？　誰かいるのか？」

「女の子が一人だけ！」

「俺は中には入れそうもない。連れ出せるか？」

「大丈夫」

下手に柱を退《ど》けたりすると、建物が崩壊しかねない。触れないほうが良さそうだと思ったポウラットは、ウィンが出てくるのを待つことにした。

「よっと」

ウィンが柱の隙間から這い出してくる。

「ほら、大丈夫だから出ておいで」

ウィンに続いて、少女が恐る恐る這い出てきた。


服は木の枝にでも引っ掛けたのかボロボロにほつれていた。

ボサボサに伸びるままになった髪も、先程は月明かりで真っ白に輝いて見えた背中にある翼も、近くで見ると泥と埃まみれでドロドロになっていた。

貧民街の子供たちのほうがまだ小綺麗かもしれない。

だが、そんな感想よりも——。

「おお、本当に翼人だぞ……」

噂や物語の中でしか聞いたことがない、本物の翼人の少女と出会えたことに、ポウラットは感動していた。

エルフ族の貴種、ハイエルフと並ぶ高貴な種族。

地方によっては神として崇められるほど、神秘に包まれた一族だ。

しかし、その神にも喩えられる力が祟《たた》り、数を減らしてしまった翼人は、滅多に人前に姿を現すことがない。そのため、半ば伝説になりかけている。

しかしいまポウラットの前に現れた翼人の少女には、伝説に謳《うた》われた種族の強大さは感じられず、か弱く、齧りかけのキャベツを大事そうに胸元に抱え込んだまま、地面へと視線を落とし、ウィンとレティの間に挟まれてポロポロと涙を零していた。

「だいじょうぶ？　なんで泣いてるの？　どっかいたい？」

ちょうど、同じ歳くらいのレティが泣いている翼人の少女の顔を覗き込み、頭を優しく撫でていた。

その様子を見ながら、ポウラットは両手を腰に当てると一つ溜息を吐く。

さすがに、こんななりの幼い少女に、盗みの罪を問い詰める気にはなれなかった。

むしろ、よくこんな状態の里で、この幼さで、生き延びることができたなと思う。

だが、これだけは聞いておかねばならない。

「なあ、何があったのか話せるか？」

ポウラットが事情を聞こうと、少女へと近づく。

しかし、少女は「ひっ……」と喉の奥で小さな悲鳴を上げて後ずさった。

それを見てポウラットはガシガシと頭を掻く。

「うーん……参ったなあ。とりあえず、どっか落ち着ける場所で話そうか。レティ、ローラさんの家までまた飛べるか？」

「うん、とべるよ」

「じゃあ、詳しいことはそこで聞くことにするか。この子の身なりも何とかしてやりてえしな。それに——」

「ポウラットさん、何かいるよ！」

ポウラットの言葉をウィンが遮った。

腰の帯に結わえていた木剣を両手で構えている。

ウィンに言われてポウラットも気がついた。

周囲にみなぎる、冷たい、どこか怖気《おぞけ》を誘うような空気。

後ろを取られないように、廃屋を背にしながら、ウィンとポウラットが女の子二人を庇《かば》うように前に出る。

「獣か？　それとも、この子の村をこんな目に遭わせた相手か？」

ポウラットは額に浮かんだ汗を拭いながら、腰の剣を抜いて身構える。

「何の準備もせずに、ここまで来たのは迂闊だったか？」

森の様子を窺いながら後悔の呟きを漏らすと同時に、茂みが揺れて何かが飛び出してきた。

「あ、あ、あ、いや……」

か細い悲鳴と、短く浅い息を繰り返しながら翼人の少女が頭を抱えてうずくまる。

「だいじょうぶだよ。おにいちゃんがやっつけてくれるよ」

少女の身体を抱きしめて、その頭を撫でながらレティが彼女を励ましている。

ウィンがさらに一歩前に出ようとする。

「ウィン、無理するな。こいつなら、俺一人でもなんとかできる！」

森の中から姿を現したのは、人の子供より少し大きい程度の人影。肌は浅黒く、額に小さな角。簡素な衣服を身に付けて、手にはどこかの戦場から拾ってきたような、錆《さび》が浮きでてボロボロの剣を持っていた。

ゴブリンと呼ばれる妖魔だ。

繁殖力の強い妖魔で、ゴブリンロードという王種を中心に集落を作る。

人里近くに集落を作ることが多く、よって人に被害を与えることも多い、広く知られている魔物だ。

ただ、子供程度の体格が示す通り、力はそれほど強くない。一対一であれば、普通の人間でも撃退できる程度の妖魔。ましてや、戦闘訓練を積んだ冒険者であれば、まず負けることはない。もちろん油断は禁物だが、ポウラットはゆっくりとした動きでゴブリンとの間合いを詰めていく。

「うおおおおお！」

牽制《けんせい》のために雄叫《おたけ》びを上げて、ポウラットは剣を振り回す。

ゴブリンは、慌てて後ろに跳んで逃げた。

ポウラットの攻撃範囲ぎりぎりのところで、ゴブリンは踏み留まると、背後の子供たちとポウラットの様子を窺っている。

「おらあ！」

ポウラットは一歩踏み出すと、大きく剣を横に振るう。

ゴブリンはその攻撃をガキッ！　と剣で受け止めるが、ポウラットの力に押されてたたらを踏んだ。

駆け出しから一人前へとなりつつあるポウラットの剣技は、まだまだ荒い。

力任せに振り回していることが多いのだが、ゴブリン相手には十分に通じていた。

ポウラットの強引だが余裕を持った攻撃は、少しずつゴブリンの体力を削り取っていく。

やがてポウラットの剣先がゴブリンを捉え始めた。

ゴブリンの血が飛び散り、徐々に動きが鈍くなっていく。

（よし、とどめだ！）

追い詰めたと判断、必殺の一撃を繰りだそうとするポウラット。

「うおおおおお！」

気合とともに繰り出した剣先――が、空を切った。

「なっ!?」

ゴブリンは横に転がるように大きく跳躍。

そして傷をものともせずに、そのまま前のめりに転びそうなほどの勢いで、ポウラットの背後に向かって突進した。

「しまった！」

気づけば、背にしていたはずの廃屋が、ずいぶんと遠くなっていた。ゴブリンに攻撃を繰り出しながら追っているうちに、知らず知らず離れてしまっていたのだ。

ゴブリンは最後の力を振り絞って一直線に走る。

視線の先にいるのはレティと翼人の少女の二人。

もっとも戦闘力が無さそうに見える、幼い女の子二人が標的だった。

せめてもの悪あがき。

攻撃をかわされたポウラットは、慌ててゴブリンの後を追いかけた。しかし、かわされた際に体勢を崩した事がたたり、明らかにゴブリンが女の子たちへと到達するほうが早い。間に合わない。

「くそ！」

ゴブリンは女の子たちの目前にまで迫ると、体当たりする勢いで飛びかかった。

グゲゲ、と気味の悪い笑い声を上げながら、錆の浮いた剣を女の子二人に向けて振りかぶる。

その瞬間――。

「ギャンッ！」

ゴブリンが悲鳴を上げて大きく跳ね飛ばされた。

少女たちの前に立っていたのは、右足を大きく踏み込み、握りしめた木剣を空中へと突き出した格好のウィン。

ゴブリンが跳躍して、レティと翼人の少女に躍りかかった時、その横合いから割り込むと、木剣をゴブリンの顎下を狙うかのように突き上げたのだ。

もんどりうって地面に叩きつけられるゴブリン。自ら突進した勢いが、そのままウィンの攻撃に加算されて、一撃で瀕死の状態となってしまった。

「グ……ガ……」

ゴブリンが地面に転がり弱々しく呻く。

そこへようやく駆けつけたポウラットが、その無防備な腹を目掛けて剣を振り下ろした。


「はんにんさんがきたよ！」

そう言ってレティが眠っていたポウラットを呼びに来て、どのくらいの時を経たのか。

白み始めた空を小屋の格子窓から見上げると、ローラは囲炉裏でお湯を沸かそうと鍋に水を張った。

耳を澄ませても聞こえてくるのは、朝を告げる鶏の鳴き声と虫や小鳥たちの声。人が争う声や物音は聞こえてこない。

若い青年と幼い子供が二人という冒険者たちは、農園で犯人を取り押さえることをせず、どこか別の場所で取り押さえようとしているのだろうか。犯人を追って遠くへ行ってしまったのだろうか。

ローラがシュンシュンと湯気を上げ始めた鍋を眺めながら、昨日出会ったばかりの冒険者たちのことを考えていると——。

ドンドンドンッ。

激しく小屋の入口の戸が叩かれて、ローラは飛び上がるようにして立ち上がった。

覗き窓から外を見ると、戸を叩いていたのはポウラットだった。ウィンとレティの姿もある。

ローラは急いで引き戸のつっかい棒を外して、三人を迎えた。

「お帰りなさい。無事でよかったわ……って、あら？　その子——」

ウィンとレティの背後に隠れるようにして立っている小さな女の子。

胸の前で拳を握り、うつむいたまま唇を噛み締めてガタガタと震えている。

ローラはすぐにこの女の子が盗んでいた犯人だと察したが——。

「どうぞ、中に入って」

家の中へと招き入れた。

少女の背中に翼があるのを見て、ローラは一瞬目を見張った。しかし、何も口に出しはしなかった。

子供たち三人を中に通し、ポウラットへも中に入るよう促したが、彼は外に佇んだままだった。

「ローラさん。俺はちょっとギルドに行ってきます。そこでお願いしたいことが……」

ポウラットは翼人の里の惨状を説明し、またそこでゴブリンと遭遇したことを説明した。ローラの畑や鶏小屋を荒らしていたのは、翼人の少女のようだったが、それは別としてゴブリンの存在を放置しておくことは出来ない。そこで、これからポウラットがギルドへと走る間に、少女をとりあえず落ち着かせてあげてほしい事、そして少女の村でいったい何があったのか事情を聞き出してもらえないかと、ローラに頼んだ。

ローラはポウラットの説明を聞いて頷いた。

「そうね。女の子から事情を聞くなら、私のほうがいいかもしれないわ」

「すいません。依頼主であるあなたにお願いするのは、筋じゃないかもしれないのですが……」

「大丈夫、僕もしっかり聞いておくから」

「そうだな、頼むぜ。ウィン」

「街へ戻るなら、馬を貸してあげましょうか？　馬に乗れる？」

「それは助かります」

ローラに馬を用意してもらうと、すぐにポウラットはシムルグへと向かって走りだした。

その背を見送るとローラは家の中へと戻る。

レティに寄り添われながら、不安そうな顔でローラを見上げる翼人の少女。

ローラは翼人の少女と目の高さを合わせるためにしゃがみこんだ。

「とりあえず、お湯を沸かすから身体を綺麗にしましょう？　女の子がそんなに汚くしていちゃダメよ」

かわいそうに思えるくらい背中の翼を縮こまらせている彼女に、ローラは優しく微笑んだ。

3

「すまねぇ！　誰かこれから討伐任務を受けられないか!?」

帝都シムルグの冒険者ギルド東支部。

夜が明ける前という時間帯だったが、冒険者ギルドには何人もの職員と冒険者たちの姿があった。

魔物は夜に活動するものも多く、冒険者たちも昼夜関係なく仕事している。必然的に、冒険者ギルドも営業し続ける。

冒険者ギルドの中へ飛び込むなり、大声を張り上げたポウラットへ、中の人々の視線が集中した。

「お疲れ様です。どうかなさいましたか？」

冒険者ギルドの夜番の職員が、ポウラットへ声をかけた。

ポウラットが色々な理由で懇意にしているルリアの姿は、この時間では受付のカウンターには見られない。

「ええっと、俺の仕事先でゴブリンを確認した。多分、近くに集落があると思う。遭遇した際に一匹殺してしまったので、報復を招くかもしれない。できるだけ早めに討伐したほうが良いと思う」

ゴブリンは仲間の血の臭いに敏感だ。相当離れた場所であっても、嗅ぎつけてくる。

翼人の集落で襲ってきたゴブリンを屠《ほふ》ったあと、ポウラットはレティに頼んで四人まとめて空を飛んで逃げ出した。

いつまでもあの場にいれば、仲間の血の臭いでゴブリン共が集まってくるからだ。

そしてもう一つ、ゴブリンの習性として厄介なのが仇討《かたきう》ちである。

奴らは現場に残された匂いで、人間が仲間を殺したことを知るはずだ。

すると、復讐として近場の村や旅人を襲いかねない。

ゴブリンに手を出した以上、早めに討伐する必要があった。

「ゴブリンぐらい、お前さんのパーティーでやったらどうだ？　それとも一人なのか？」

「俺のパーティーは三人なんだよ。そのうち二人は子供で駆け出し！」

飛んできた声にポウラットは叫び返す。

「それに、何者かに襲撃されて滅びた村を見つけた。その村の生き残りも、俺の依頼人の家で保護している」

「滅びた村ですか？　おかしいですね……シムルグの近隣で、連絡が途絶えた村があるといった情報はなかったはずですが……」

ポウラットの言葉に、冒険者ギルドの職員が訝しげな顔をした。

「その村はどこの村なんです？」

「すまん。村に関しては、なんて説明したものかわからねえ」

とっさにポウラットは村に関して説明することを避けた。

その里が翼人のもので、生き残ったのが翼人の少女であることが広まるのは、避けた方が良いと思ったのだ。

伝説とも謳われる翼人。その子供で、しかも女の子である。

好事家《こうずか》であれば、よだれを垂らして欲するだろう。

愛玩用としてだけでなく、その魔力は軍事にも利用できるからだ。

幸いなことに、冒険者ギルドの職員は、村に関して深く突っ込んではこなかった。

言葉を濁したポウラットを見て、その村にはポウラットだけが摑んでいる利益の出る情報があるのかもしれないと思ったのだろう。

情報は金だ。

儲け話を摑んだ冒険者が、その情報を伏せるのは決して不思議なことではない。

「そうだな……村のことに関しては、引き受けてくれないことには詳しいことは言えない。ただ、これだけは言っておく。間違いなく滅ぼされた村があった。これは確かなことだ」

真剣な顔付きのポウラットの発した声に、ざわめいていた冒険者ギルドが一瞬静まり返った。

「ゴブリンの討伐なら、報酬は冒険者ギルドを通して国から出るよな？」

「ええ。確かにゴブリンの討伐に関しては、国から幾ばくかの報酬は出ますよ」

ギルドと併設されている酒場の一卓を囲んでいた冒険者から声が上がり、その声に職員が頷いた。

声を上げた冒険者は赤茶けた頭髪で、髭が顔面を覆っている、四十代半ばの強面《こわもて》の男だった。

「どうしてお前さんが、頑《かたく》なに村のことを話せないのか気にはなるが……それも、ゴブリンの討伐を引き受けたら、事情は話してもらえるんだな？」

「あ、ああ！　それはもちろん！」

ポウラットは声を上げた髭の男に向き直ると、力強く頷いてみせた。

「仕方ねえなあ。だったら、その場所まで案内してくれるなら、俺たちで引き受けてやってもいいぜ」

「本当か？　助かるよ！　もちろん案内はするぜ。詳しいことを説明するから、ちょっと待っててくれないか」

「ふむ……村の場所をおおっぴらにしたくないのなら、個室を借りたほうが良さそうだな」

髭面の男は立ち上がると、受付にいた別の冒険者ギルドの職員へと声をかける。

「おい。二階の個室、一室借りたいが空いてるか？」

「はい。大丈夫ですよ」

「なら、そこで話を聞こう」

髭面の男は手の仕草で、同じ卓を囲っていた仲間と思われる残り二人に、二階に上がるよう指示をする。

「先に上がってるから、そこで事情を聞かせてくれ」

「ああ、すまない。すぐに行く」

ポウラットは職員に、自分たちへ仕事を斡旋した担当者がルリアであることを告げて、自分たちがいま受けている仕事の依頼書を持ってきてくれるよう頼んだ。

職員は頷くと一度カウンターの中へと戻り、中から冊子を取り出してくる。

その中からローラの依頼書を抜き取ったポウラットは、周辺の地図も借り受けると、髭面の男が借りた個室がある二階へと上がる。

部屋では先程の髭面の男と、彼のパーティーメンバーと思われる男女の二人がいた。

「すまない、待たせた。自己紹介をしてなかったが、俺はポウラットだ」

「オールトだ、よろしく。で、こいつらが俺のパーティーの仲間だ。とりあえず、席に座って話そうか」

オールトが仲間を紹介する。

少し灰色がかった長めの黒髪を後ろで一括《ひとくく》りしている二十代後半くらいの若い男。もう一人は二十代半ばくらいの女性。ゆったりとしたローブを身に着けて、濃い茶色の髪を肩まで伸ばしている。

「そっちの若い男がルイス。見ての通り、槍を使う」

「よろしくっす」

卓に得物と思われる槍を立てかけて、どうやら下の酒場からそのまま持ってきたらしい、麦酒の注がれた陶杯を掲げて挨拶をしてくる。

ルイスはところどころ凹みや傷の付いた鉄製の胸当てを身に着けており、シャツの下から覗いて見える腕の筋肉は、見事に鍛えられ盛り上がっていた。

「で、こっちがイリザ。驚け、魔導師だ」

「イリザよ、よろしくね」

「へえ！」

ポウラットは驚きの声を上げた。

イリザは武器を身に帯びておらず、魔法のみで戦闘する魔導師だった。

「魔導師がいるなら心強い！」

イリザが差し出してきた手をポウラットは力強く握った。

冒険者で魔法を使える者はそれなりにいるが、魔導師と名乗れる程の魔法の使い手は稀少だ。

魔法を使える者と魔導師の違いは、魔法の使い方にある。

魔法には創造魔法と付与魔法、そして召喚魔法の三種類がある。そのうち、高位存在から力を引き出す召喚魔法を除いて、創造魔法と付与魔法は、基本的に魔力を対価にして精霊に術者のイメージを伝えることで、事象を具現化させる。

つまりイメージを伝えることができれば、魔力の多寡で出来る出来ないはあり、術の規模も変わってくるが、理論上はどのような現象を起こすことも可能なのだ。しかし、魔力を体内から自在に汲み出し、精霊へ対価として捧げながらイメージを伝えるのは、訓練と、才能が必要となってくる。

決められたイメージと魔力の流れを教わり、魔法を使うことは、まだ誰もができる可能性がある。しかし、術者のイメージを自在に精霊に伝え、魔法として具現化できるものは少ない。

そして後者が出来る者が、魔導師と名乗ることを許されるのだ。

本物の魔導師は多くの場合、貴族階級出身者が多く、当然の如く国が抱えている。そのため、冒険者のパーティーで魔導師が所属していることは、一つのステータスだ。

魔導師が所属している。それだけで、一流の冒険者パーティーと言っても過言ではない。多くの場合、その冒険者ギルドでもトップクラスと呼べるパーティーなのだ。

ポウラットが驚くのも無理はなかった。

「それと、俺の得物はこれだ」

オールトは驚いているポウラットの様子に満足しつつ、ルイスの槍の側に立てかけてあった、分厚い刃の付いた片手斧と鉄の盾を指差してみせた。

ポウラットは思わず想像した。赤茶けた頭髪の髭面で強面のオールトが、鉄製の盾を構えて斧を振り上げている姿。

(出会った敵は彼を見ただけで蜘蛛の子を散らすように逃げ出すんじゃないか?)

そう思えるほどに迫力がある。

斧使い、槍使い、魔導師。

バランスの取れたパーティーだ。

態度が自信に満ち溢れていて、落ち着いた雰囲気を醸し出している。相当に熟練しているパーティーなのだろう。三人ともポウラットよりも歳上だが、相手が歳下でも決して侮《あなど》る様子も無く、それぞれ親しみを込めて握手を交わしてくれた。

こんな早朝にもかかわらず、どうやら運がよい事に腕利きの冒険者たちと渡りをつけることができそうなことに、ポウラットは安堵の息を吐く。そして、気を取り直すと、自分よりも先輩である彼らの実力を認め、言葉遣いも気をつけることにした。

「俺の得物はこれです。剣を使います。あんたたちみたいな強そうなパーティーに、ゴブリン退治程度の仕事を受けてもらって感謝しています」

「問題無いっす。それで、ポウラット君の仲間は？」

「俺の仲間は依頼主の家で待機しているんです。子供二人だけど。まだ駆け出しなんですよ」

　ポウラットは少し恥ずかしさを覚える。

　このいかにも熟練した冒険者パーティーに対して、自分の仲間は子供が二人。冒険者と名乗るのもおこがましい。まるで自分たちが子供のお遊びをしているだけのように感じたのだ。

「ははは。なあに気にすることは無い。駆け出しの時期ってのは誰にだってあるんだ。そしてあんたらはきっちりと仕事をして、俺たちにつなげたんだ」

「誰もが最初からベテランなわけじゃない。誇りを持っていいわ」

「ああ、ありがとう」

「じゃあ、挨拶も終わったところで仕事の内容を確認したい」

　ポウラットはまず、自分たちが最初に受けていた仕事から説明をすることにした。冒険者ギルドの職員から借り受けた、ローラの依頼書を広げてオールトたちに見せる。

　それから、地図を広げると、ポウラットたちが見つけた廃村の状況を説明した。

「翼人の里ですって!?」

ポウラットの説明に時折質問を挟みつつも、黙って聞いていた三人だが、ポウラットが翼人の里と思われる廃村の事について触れた途端、イリザが思わず声を上げた。

「翼人かあ……俺らも見たこと無いっすね」

「ということは、ポウラットたちが見つけたという生き残りは、翼人なのか？」

「ええ。信じてもらえるかはわかりませんが」

「嘘を言ったところで、あなたに得は無いでしょうし。なるほど……下で村の情報を話せないわけだわ」

イリザが椅子の背もたれに身を預けて嘆息する。

「良からぬ事を企む輩《やから》もいるかもしれないっすね」

「そうだな。ポウラット、この事はもう誰にも話さないほうがいいぞ」

「はい」

ポウラットは神妙な顔つきで頷いた。

「俺たちは普段、遺跡探索が専門でそこらの冒険者以上に稼いでもいる。翼人の誘拐なんざ企みはしないからな。引き受けたのが俺たちで良かったぜ」

オールトはそう言うと、強面に笑顔を浮かべた。

「さて、それじゃあポウラットが遭遇したというゴブリンの討伐だが、彼の推測通り、その翼人の里の近くに集落があるんだろう」

「ということは、ゴブリンロードもいるかもしれないっす」

「いるだろうな。まあ、ゴブリンロードがいようとも、俺たちの敵じゃないんだが。現地まではポウラットのパーティーが案内してくれる。彼らはまだ駆け出しだから、主な戦闘は俺たちが行う。討伐の報酬は、人数割りで良いか？」

「あんたたちにとっては、ゴブリン退治程度の仕事なんか、はした金にしかならないのに、人数割りにしてもいいんですか？」

「問題ないさ」

ポウラットの懸念を吹き飛ばすように、オールトが笑う。

「私たち、前の仕事を終えたばかりで、二週間くらい休暇中なの」

「少しは身体を動かしておきたいっす」

「ということだから、気にするな」

立ち上がってオールトは、若いポウラットの肩を叩く。

「よし。それじゃあ、ゴブリンの被害が拡大する前に出発するか。まずはローラさんという女性の持つ農園に行こうか。さっそく案内してくれ」

冒険者ギルドを出てローラの家に戻ってきた頃には、日はすでに頂き近くへと昇っていた。

「遅くなってすまねえ！　って、え!?」

討伐を引き受けてくれたオールトたち三人を引き連れて戻って来たポウラットは、小屋の中へと飛び込むような勢いで入るなり絶句した。

囲炉裏を囲んで子供たち三人は、昨夜の夕御飯の残りのシチューを食べていた。

家主であるローラと、ウィンとレティの二人——そしてもう一人。

「……その子、あの翼人の子か？」

ポウラットが街へと戻っている間に、湯浴《ゆあ》みだけでなく、ボサボサだった髪まで整えてもらったらしい。

炎に照らされて銀色に輝く髪。そしてドロドロで灰色にくすんでいた翼は、美しい白さを取り戻していた。

エルフ族の貴種、ハイエルフと並ぶ、高貴な種族、翼人種。

神や精霊に近いとされる一族の血を引いた少女は、人形のように整った顔立ちをしていた。

ローラのものを借りたのか、大きめの服を着て、余った袖は折られている。

背中の翼を外へと出すために、服に穴を開けてもらっていた。

「ポウラット君から話を聞いていたけど、まさか本物の翼人を見ることが出来るなんて」

ポウラットに続いて中に入ってきた魔導師のイリザが思わず感動の声を漏らす。

オールトとルイスも、驚きで目を見張っていた。

ポウラットは翼人の少女を見て驚いている三人の冒険者を、ローラに紹介した。続いて、自分のパーティーメンバーであるウィンとレティの事も紹介する。

すると、オールトたちは不思議そうな顔をした。

レティもまた、翼人の少女に負けず劣らず、整った顔立ちをしている。服装も上等な品物で、幼さの中にも気品が感じられる。

成功した冒険者であるオールトたちは、高貴な身分にある人々とも交流がある。

ひと目でレティをそうした身分に連なる者だと思ったのだが、そんな彼女がどうして冒険者をしているのかわからない。しかもまだ、こんなにも幼い。もう少し年齢が高ければ、家出でもしているのかと考えられるのだが、この歳でそれはないだろう。

三人は思わず目でポウラットに説明を求めたが、ポウラットにもレティがなぜ冒険者をしているのか事情はわからないのだから、返答に窮するしかない。

そんなポウラットを救ってくれたのは、ローラのしんみりとした呟きだった。

「この子、ずいぶんとひどい目にあったみたい」

大人たちは翼人の少女へと目を向けた。

久々の温かい食べ物なのだろう。よそわれたシチューを夢中で頬張っているその姿は、伝説と謳われている種族の姿ではなく、どこにでもいる普通の子供。

「まだ小さいのに……」

「事情は聞き出せたんですね？」

「ええ」

翼人の少女の名前は、イフェリーナといった。

ある日、彼女の住む翼人の里が、犬頭の人間とゴブリンたちに襲われた。

寝静まっている夜半の出来事だったらしい。

イフェリーナは両親に家の中に隠れているように言われ、寝床の中で震えていたらしい。

家の外で怒鳴り声が聞こえ、大きな音が何度も響き渡り、やがて家に火が燃え移ったそうだ。そしてイフェリーナは恐怖で気を失ってしまった。

イフェリーナが気が付いた時には、周囲は静けさに満ちていた。

イフェリーナは運良く家が全焼をまぬがれたおかげで、生き延びることができた。

だが、彼女を除いたそれ以外の翼人たちは――。

「あの子は一人で遺体を集めて土に埋めたそうです。きっと辛くて苦しかったでしょうに」

ポウラットもオールトたちも、シチューを食べている翼人の少女へと黙って再び目を向けた。

イリザに至っては涙ぐんでいた。

「仇、取ってやろう」

オールトの言葉に子供たちを除く全員が頷いた。


「犬頭の人間か……」

「人間じゃなくて、きっと妖魔よね。多分、イフェリーナちゃんにはまだ、妖魔と人の区別はわからないでしょうから」

腕組みするオールトの呟きを、イリザが訂正する。

囲炉裏を囲んで、ウィン、レティ、ポウラットの三人と、オールト、ルイス、イリザの三人が車座になって座っている。

ローラはイフェリーナを膝に抱えて、六人の冒険者の様子を見守っていた。どうやらローラに懐いたらしく、時折翼をモゾモゾさせるものの、イフェリーナはおとなしく彼女に抱かれたままになっていた。

「犬頭の妖魔と言うと代表的なものではコボルトっすね。あとは獣人族も犬の頭を持つ人間と言えないっすか？」

「ああ、そっか。獣人族もいるわね」

獣人は大陸のはるか南方に勢力を築いている。大陸でも北方に位置するレムルシル帝国では滅多に見かけることはない。

総じて屈強な身体つきをしており、北方で見かけるのは、冒険者か傭兵をしている者が多かった。

「いくらなんでも、獣人が妖魔と一緒に行動を共にしているとは思えないわ。コボルトって線が強そうね……」

コボルトはコブリンと同様に繁殖力の強い妖魔である。

ゴブリンと同様に簡単な武器を振り回す程度の知恵を持つが、強さはあまり変わらない。

「だがなあ……」

どこか腑に落ちないという風にオールトは口を開いた。

「翼人の里が、ゴブリンやコボルト風情《ふぜい》に滅ぼされることがあるのか?」

「そういえばそうっすね」

「私も噂や書物でしか翼人種のことは知らないけど、彼らの強さは里一つでも人間の軍と渡り合える力を持つわ」

天から雷を召喚し、嵐を呼び、大雨を降らせる。だからこそ、翼人種は他の種族から時には神と同列視されて崇められ、畏《おそ》れられているのだ。

どんな強国であっても、彼らの里には手を出さない。五百年ほど昔、このアルファーナ大陸のほぼ全域を支配したレントハイム王国ですら、翼人種には一切手を出さなかった。

ゴブリンやコボルトといった下級の妖魔風情でどうにかできる存在ではない。

「そもそも、翼人は空が飛べるっすから、里が滅びそうになる前に逃げ出すんじゃないっすか?」

ルイスの言うとおり、彼らには空を飛べるという絶対的な優位性が存在するのだから、いざとなれば飛んで逃げればいい。しかし、そうすることも出来ずに里が滅ぼされている。

「コボルト以上の魔物がいることも想定しておいたほうがいいな」

魔王が降臨して以後、前線では強大な力を持つ魔物も増えている。翼人の里を滅ぼした犬頭の魔物も、その中の一体なのかも知れない。

「ポウラットたちが遭遇したゴブリンは、里の滅亡とは無関係かもしれんが……どちらにしろ、ゴブリンが一体しかいなかったということはありえない。きっと近くにゴブリンの集落があるはずだ」

オールトの見解にルイスとイリザが頷いた。

「とりあえず行ってみないことにはわからないんだが、まずはゴブリンの掃討を目的としよう。奴らは繁殖力が強いからな。人里にまで出てくるようになる前にさっさと潰そう。それで、その翼人の里はここから近いのか？」

「帝都とこれほど近い場所に翼人の里があったのなら、噂になりそうだけど。高い山奥や、森で道に迷った人が翼人と出会ったという話は聞いたことがあるけど、里を見つけたという話は聞いたことが無いわ」

「山奥とか森の奥なら、結構な距離になりそうっすね。長旅の準備なんてしてないっすよ？」

「ポウラット君。その滅びていたという翼人の里は、ここからどのくらい離れた場所にあったの？」

イリザがポウラットに尋ねると、オールトとルイスも彼へ視線を向けた。

「そうですね……徒歩で行くとどのくらいになるんだろう？」

ポウラットは目を閉じると腕を組んで考え込んだ。

「あれ？　一度行ったならわかるんじゃないっすか？　あ、それとも周囲を探索しながらだったんすか？」

「いや……実は、空を飛んで翼人の里まで行ったんですよ」

「「は？」」

オールトたちが一斉に「何を言っているんだ、お前？」という表情を浮かべたのを見て、ポウラットは、

（やっぱ、そうなるよな）

自分の反応が正しかったのだと、安堵の溜息を吐いた。


「うほ！　こいつはすげぇ！」

「これは楽しいっすね！」

「おい、あそこはクレナドだろ？　反対側に見えるのはペルルの町か？」

「うーん……あそこの山の形からして、多分そうっすよ！」

「おい、イリザ。お前も頭抱えていないでこっち見ろよ！　こんな光景、めったに見れないぜ？」

オールトとルイスの二人が楽しそうに周囲の景観を楽しんでいる一方で、魔導師であるイリザは頭を抱えていた。

「いや……いやいやいや、こんなのありえないわ！」

現在、六人は半透明の光の膜に包まれて、川の流れに沿い、空を飛んでいた。

「呪文の詠唱も無しに、それもこんな大人数。こんな……こんな、信じられないわ……」

「どうしたんだよ、イリザ。この子、凄いなあ。お前よりも凄いんじゃないか？」

「レベルが違いすぎるわよ！」

呑気に笑いながら声をかけてきたオールトにイリザは叫んだ。

空を飛ぶ魔法というのは存在している。

主な使用目的として挙げられるのは軍事利用だ。空高く舞い上がり、戦場の地形、敵の布陣を確認したりするのに使用される。しかし、この魔法を使うためには相当な準備が必要となるはずなのだ。

「この魔法の理不尽さがあなたたちにわかる⁉　空を飛ぶ魔法って、とんでもなく難度の高い魔法なの！　一国を代表するような宮廷魔導師が使うような魔法よ。普通の魔導師なら魔力を増幅するための魔法陣と触媒となるアイテムを使って初めて使えるような大魔法なのよ！　魔法の奥義《おうぎ》の一つと言っても過言じゃないわ！　それを呪文の詠唱も無しに、『飛べると思ったから飛んだ』なんて聞いたら、どんな宮廷魔導師でもひっくり返るわよ！」

「イリザさん、レティちゃんが使ってるこの魔法、これってやっぱりそんなに凄いんですか？」

理不尽さに怒りしかこみ上げてこないのか、興奮してオールトにまくしたてているイリザに、ポウラットが恐る恐る聞く。

イリザはふうっと大きく息を吐くと、眉間《みけん》を揉みほぐしながらポウラットに向きなおった。その後ろで、イリザに詰め寄られていたオールトがホッとしたような顔をする。

「魔法はね、イメージが大切なの。頭の中で絵を描くと言ったらいいかしら。それもぼんやりとではなくて、かなり明確にイメージをする必要があるの。そのイメージを呪文で固定、補強し、精霊たちに魔力を対価として与えて、そのイメージを具現化させているのよ。だから、空を飛ぶことができない人間が、空を飛ぶイメージを具体的に精霊に伝えることは難しい。でも、この子は呪文も詠唱すること無く、ありえないほどの魔力を垂れ流しにすることで、精霊たちに無理矢理自分の意思を伝えて空を飛んでいるのよ」

イリザはこの大魔法を行使している小さな少女――レティを見た。

「つまり、簡単に言えば、力ずくで道理を捻じ曲げているの！　こんなの私たち普通の魔導師から見たら、理不尽以外の何ものでもないわ！」

イリザが見たところ、このレティという女の子は、魔力を直感的に操ることができる天性の才能を持っているようだった。

さらに誰に教わったものなのか、魔法に関して少しだけ知識があるようだったが、まだ足りない。圧倒的に魔法に関する知識は少ない。

いま、イリザがレティから感じ取れている魔力の量――喩えるなら、人を空に浮かべるのに必要な魔力をコップ一杯分と仮定して、レティはそのコップに桶で水を注ぎ込んでいるようなものだ。

それも、空を飛び続けている間延々と――。

無尽蔵の魔力――まさしく垂れ流していると表現するのが相応しい。

もしも、この子が魔法に関する知識を得れば――。

「私程度では計り知れないけど、この子が成長したら、もしかしたら『大賢者』の称号を持つハイエルフの姫君にも匹敵する大魔導師になるかも……」

「まあ、ようするにこのお嬢ちゃんが凄いことは分かった」

「何者なんっすかね？　この子……」

大人たち四人の視線がレティへと集中する。

どこか畏怖すらも込められた視線が集中していることも気が付かずに、ウィンとレティの二人は楽しそうに、時には笑い声を上げるのだった。


翼人の里、その中心で静かに水を湛《たた》えている泉のそばに一行が降り立った時、空はすでに暗くなっていた。

燃え残った家屋を少し取り壊して、薪の代わりとし、イリザが魔法で火を点ける。

「空を飛べるのは楽でいいな。思ったよりも早く着いた」

泉から汲んできた水を小さな鍋で沸かしながら、オールトが笑みをこぼす。

鬱蒼と茂った森の中を歩いてきたら、優に二週間はかかったのではないだろうか。上空からの目測だが、遺跡探索や人跡未踏の地の探索を専門としているオールトたちはそう推測していた。

人の手が入っていない場所を進むのは、容易なことではない。急な流れの渓谷や突如現れる崖、植物の蔓《つる》、背丈の低い灌木《かんぼく》、沼のような足元、不快なまでの湿度といった様々な悪環境が行く手を阻むのだ。

そして、この翼人の里はそんな悪環境を抜けた先に存在した。

レティの魔法で空を飛んでこなければ、どれだけの時間がかかったことか。

それに、何度か地上に降りて休憩はしたものの、ほとんどは光の膜に包まれて移動していただけだ。精神的には緊張して疲れていたものの、肉体的な疲れはそれほどでもない。食事を摂り、一晩休息を取れば十分回復できるだろう。

焚火を囲んで車座となった六人は、出発する前にローラが好意から持たせてくれたパンとチーズ、それからハムを齧った。

オールトたちは、パンとチーズを焚火で軽く炙る。

香ばしい、食欲をそそる香りが周囲に立ち込めた。

「あの、匂いに釣られてゴブリンたちが来やしませんかね？」

「それも狙っているのさ」

ポウラットの不安をオールトは軽く笑い飛ばした。

「ゴブリン程度なら、夜に襲われても返り討ちにするっすよ。油断はしないっす」

「ほら、こっちもいい具合に焼けてるわよ」

「ありがとう」

イリザが程よく炙られたパンをウィンとレティに差し出す。

さっそく齧りついている二人を見ながら、ルイスは沸かしたお湯を小さな木杯に人数分注いで配った。

「酒はさすがに不味いからな。白湯《さゆ》しかないが、身体が温まる」

木杯の中身が酒でなかったことに少し残念そうな顔をしたポウラットを見て、オールトは言った。


食事がすむと、六人はめいめいくつろぐ。

オールトはポウラットに、今まで経験してきた冒険について話していた。

イリザはレティの飛行魔法を体験することが出来たため、その魔法を自身も習得できないか試みている。彼女は一人、焚火のそばを離れると瞑想していた。魔法の行使には、術者が明確にその効果をイメージする必要がある。空を飛ぶという滅多に無い貴重な経験。その感覚が薄れないうちに、少しでも強く記憶に焼き付けておきたかった。

そしてウィンとレティは、ルイスが弄《もてあそ》んでいる幾つもの錠前が結わえ付けられた輪っかを、興味津々に覗きこんでいた。

「ほら、これはこうして……こんな感じで引っ搔くと……開いたっす」

ルイスは細く小さな金属製のピンを使って、あっさりと解錠してしまう。

「うわあ、凄いなあ」

目を丸くしてみている子供たち二人に、ルイスは錠前の束を差し出した。

「ほら、ウィン君もレティちゃんもやってみるといいっす」

「うん」

ウィンはさっそくルイスから受け取ると、二本のピンでカチャカチャと弄《いじ》り始める。ルイスはレティにも錠前を一つ差し出したが、彼女は受け取らずに、ウィンが錠前外しに挑戦しているのを食い入るように見つめていた。

「レティちゃんはちょっと人見知りなんすかね」

小さくつぶやくと、ルイスは頬をポリポリと掻いた。

「錠前外しができるようになると、遺跡を探索する時だけでなく、町の中で家探《やさが》しをする際にも便利っすからね。暇な時には練習をして、出来るようになっておくといいっすよ。ただし、悪いことに利用しちゃダメっす」

「ポウラットさんもできるの？」

ウィンが、焚火を挟んだ反対側でオールトと話しているポウラットに尋ねると、

「ルイスさんほどあっさりとは外せねえけど、少しならできるぞ。冒険者ギルドで錠前を貸してもらえるから、それで練習するんだ」

「へえ、そうなんだ」

「興味があるなら、帰った時にでもルリアさんに聞いてみるといいぜ？　多分、貸し出してもらえるから。暇潰しにはもってこいだ」

「錠前外しは指先の感覚が大事っすから、日頃から弄っておくといいっすよ。良い訓練に

もなるっす」

「うん」

ウィンは素直に頷くと、再び錠前外しに集中する。しばらくして、

「あっ！　外れた！」

外れた鍵を目の前に掲げて、ウィンが明るい声を上げた。

「おっ！　外れたっすか？」

「おにいちゃん、すごい！」

それを聞いてルイスが、錠前が束ねられた輪から次の錠を指す。

「この錠の束は訓練用っすから、だんだんと解錠するのが難しくなるようになっているっす。次はこの錠っすね」

ルイスにすすめられるままに、ウィンは次の錠へと取り掛かる。その横でレティが、たったいまウィンが外したばかりの錠前を拾い上げた。目の前に持ち上げて、しげしげと眺めている。

「レティもやってみるといいよ」

「うーん……」

錠前を弄る手を休めて、ウィンがレティにピンを握らせる。

言われてレティもカチャカチャと適当に弄ってみるが、当然錠が外れるはずもなかった。

「できないよ、おにいちゃん」

「貸してみて」

ウィンはレティから錠前を受け取ると、もう一度ピンを鍵穴へ差し込む。

「ここを、こうして……こう引っ掻くようにすると……」

カチリ。

小さな金属音とともに、錠前が外れる。

「ほら、できた」

「ふわあ……」

レティが目を丸くした。

「大分コツを摑んだようっすね。大概の錠前を外すコツは一緒っすから、後は数をこなしていくといいっすよ」

パチパチと薪の爆《は》ぜる音が耳に心地良い。

夜が更けていく。

4

ひとまずゴブリンの巣の探索は翌日、太陽が昇ってから行う事にした。

ゴブリンに限らず、魔物の多くは夜に活動することが多い。

人よりも夜目の利く魔物と戦う場合、夜よりも太陽が出て活動が鈍る昼の間のほうが戦いやすい。それに、森のなかの視界の悪さも多少なりとも改善する。

オールトたちは最初、パンやチーズの焼ける匂いでゴブリンたちを誘い出そうと考えた。視界も悪く、武器を振り回しにくい森の中でゴブリンたちと遭遇して戦うよりも、たとえ魔物が有利となる夜であっても、広い村の跡地を利用して戦ったほうが有利だと判断したからだ。

ウィン、レティ、ポウラットの三人にはともかく、オールトたち三人の熟練した冒険者パーティーにとっては、ゴブリン程度であればどれだけの群れであろうとも、まったく問題にならないのだ。

しかし、残念なことにゴブリンたちが姿を現すことはなかった。

とはいえ、こちらの存在を把握している可能性はある。どんな敵であっても油断をすれば命取りになりかねないことを、彼らはよく知っていた。

仲間を殺した人間たちが、翼人の里へ戻ってきたことを知ったゴブリンが、襲撃を仕掛けてくるかもしれない。夜も更け眠りにつく際、最初はオールトが一人で、続いてルイスとイリザが、最後にウィンとレティ、ポウラットの三人が見張りに立った。

熟練した三人とは違い、ウィンたちは緊張しながら見張りをする。

レティはウィンが起きだした気配に気づき、一緒に起きだしてきた。ウィンとの鍛錬のために日頃から朝早く起きているので、レティも朝には強いのだ。

ウィンとポウラットは、眠っているオールトたちを起こさないよう静かに火の番をしている。静かにしている事に退屈したレティは、ウィンたちに背を向けると、ウィンがルイスから借りていた錠前の束をカチャカチャと弄って遊んでいた。


ゴブリンたちの夜襲を受けること無く、無事に朝を迎えた。

そして、

「うお！　錠前が全部外れてるっす！　ウィンがやったっすか？」

「僕は知らないよ？」

起きだしたルイスが、放り出されている錠前の束に気づき、そしてその錠が全て解錠されていることに驚きの声を上げていた。

「まさか、レティちゃんが？」

ルイスはウィンの横に座っているレティへと目を向けるが、彼女の意識は、ローラから分けてもらった玉子を焼いて朝食の準備をしているイリザへと集中していた。漂ってくる良い匂いに釘付けになっている。

その様子を見て、ルイスは肩をすくめた。

（まあ……まさかっすよね。でも……）

信頼の置ける仲間である魔導師のイリザが驚愕するほどの魔法を行使して見せたレティ

のことだ。もしかしたらという気もしたが、すでに食欲の権化《ごんげ》と化しているレティを見ると、やはり彼女が錠前を全て外したとは考え難かった。

それでも一応聞いてみようと思い、レティに話しかけようとしたのだが、そこでイリザに朝食の用意ができたと言われたために、ルイスは錠前の事を聞きそびれ、そのまま忘れてしまった。

朝食を食べ終えて火の始末を終えると、さっそく翼人の里周辺を探索することにした。

イフェリーナの話から、彼女の足で探索できる範囲にはゴブリンの巣は無いだろうと判断している。

イフェリーナは空を飛ぶことができるものの、その運動能力は平均的な人間の幼児と大差がない。里が滅びた後、食糧を得るために森の中を探索したと聞き出したが、この大人の冒険者でさえ動きづらい、鬱蒼と木の生い茂った森の中では、そう広い範囲を歩きまわることはできなかっただろう。そしてそのイフェリーナが行ける範囲内にゴブリンの巣があったとしたら、彼女が無事でいるはずもなかった。

そこでまずはイフェリーナが歩けたと思われるところまで、森の中を進むことにした。

隊列を作ると慎重に森の中を進む。

オールト、ポウラットを先頭にして、ウィンとレティを間に挟む。そして最後尾にルイスとイリザが続いた。

翼人は里の周囲に道を作っていなかったようだ。近隣の人間の村と交流はしていたようなので、里を出るときは空を飛んでいたのだろう。確かにそのほうが移動は楽だし、人目に気をつければ里も安全だろう。

イフェリーナが歩いた痕跡はすぐに見つかった。

隠そうともしていないため、折れた小枝や、踏みしめた草、そして小さな足跡がいくつも残っていた。

折れている細い枝を見て、ポウラットが痛ましげな表情を浮かべる。

最初に翼人の里でイフェリーナを見つけた際、彼女の柔らかそうな肌が傷だらけだったのを思い出したのだ。おそらくは食糧を求めて森の中を彷徨《さまよ》っているうちに、こうした小枝で引っ掻いてしまったのだろう。

聞けば半年近く、ひとりぼっちで過ごしていたと言う。

今の季節は日中は汗ばむくらいの暑さだが、半年前はちょうど冬に差し掛かった頃。厳しさを増していく寒さの中、火を熾《おこ》すことも出来ず、焼け残ったボロ布の類に包《くる》まり、耐え忍んでいたらしい。

本当に良く生き延びたものだと思う。

改めてそんなことを考えつつ歩いていると、やがて人跡未踏であろう密林に出た。バナナを始めとした背の高い草や灌木が生い茂り、一行の行く手を阻む。

「さて、ここからは獣道を探すぞ」

オールトとルイスが交代で前を歩く。

体力に最も優れた二人が、草や灌木を踏みつけて後続のために道を作るのだ。

幸いな事に、すぐにゴブリンが通ったと思われる、細い道のような跡を見つけた。細い木々が荒々しくへし折られ、道が切り拓かれていた。


ちょうど日が天頂へと差し掛かろうかという頃合だった。

「おお、いるいる」

先頭を歩いていたオールトが背の低い木々の陰に身を隠しながら、小さな声で呟く。

崖にできた洞穴の周囲をうろつくゴブリンたちが見て取れた。どうやら洞穴を巣として利用しているらしい。

「ゴブリン？　どこ？」

ゴブリンを見たくて前に出ようとするウィンに、イリザが口に人差し指を当てて「静かにして」と合図をする。

ポウラットは剣を抜き、ルイスは槍を握りしめた。

「大丈夫だ。こちらにはまったく気づいていない——大頭の妖魔って奴が見当たらないな」

洞穴の前に見えるのは、見張りをしていると思われる三匹のゴブリンだけ。

一匹は錆びついた斧のような武器を持ち、残りの二匹は棍棒のようなものを持っているだけだ。

「イリザ、お前の魔法で先制攻撃を仕掛けるぞ。斧を持っている奴から狙ってくれ。残りの二匹は俺とルイスで片付ける。ポウラットは穴蔵から飛び出してくるゴブリンに注意していてくれ」

「わかった」

「ウィンとレティ」

続けてオールトは二人の子供たちにも声を掛ける。

「お前たち二人はひとまずここに隠れていろ。俺たちの戦い方をしっかりと見ておくんだ。見て覚えるのもいい勉強になるからな」

これから始まる魔物との戦いへの緊張感が伝わったのか、子供たち二人の顔も強ばっていたが、ウィンはしっかりと頷いてみせた。

「よし、いい子だ」

オールトが破顔する。そしてすぐに表情を引き締めると、自身も得物である片手斧を握り締めて機を窺う。

そして――。

まず、口火を切ったのはイリザの魔法。

『我、火の理《ことわり》を識りて、火球と為す』

ゴブリンたちに気付かれぬよう、茂みの中で静かに立ち上がったイリザは、口早に呪文を詠唱した。

詠唱を開始すると同時に、イリザを中心に渦巻くようにして風が生まれる。そして彼女の手のひらの上に、ポッと小さなロウソクほどの火が灯った。火はみるみるうちに人の頭ほどの大きさにまで膨れ上がる。

球状になった炎は、緩やかにイリザの手のひらから彼女の頭上にまで上昇すると、そのまま炎の球を形作りとどまった。

『――炎弾となりて、穿《うが》て！』

イリザが斧を持っているゴブリンに向かって手を鋭く振り下ろす。

火球が凄まじい速度で射出された。

迫る熱気に気がついたゴブリンが振り向くが遅い。火球は振り向いたゴブリンの胸部付近に着弾すると、爆音と火炎を撒き散らした。


「行くぞ！」

爆音が轟くと同時に、オールトが合図を出して、茂みの中から飛び出していく。彼に続いてポウラットとルイスも飛び出した。

「ギャアアアアアア！」

その間にも、身の毛もよだつような悲鳴を上げているゴブリン。爆風で吹き飛ばされ、全身火だるまとなって地面をのたうち回る。

爆風は周囲にも広がり、残りの二匹のゴブリンがその熱気に怯んだ。

その隙にオールトとルイスはその二匹に向かって駆ける。

オールトが振り下ろした片手斧が一匹のゴブリンの頭蓋を割り、ルイスの持つ槍がもう一方のゴブリンの胸を貫き、あっさりと絶命させる。

「すげぇ……」

オールトとルイスの後に続いて飛び出したポウラットは、自分が何をするまでもなくあっという間にゴブリンを屠ってみせた、熟練の冒険者パーティーの連携に、ただただ感心していた。剣を握り締めていたものの、まるで出番はなかった。

火球を受けたゴブリンは、わずかに痙攣している。

「油断するな！　来るぞ！」

しかし、オールトの叱咤《しった》でポウラットは、はっと我に返った。

洞穴からゴブリンたちが出てきた。

数は十四。

鉄製の武器を持っているゴブリンは、二匹しかいない。残りのゴブリンたちは、太い木の枝を削って作った棍棒のような武器を持っていた。

数は冒険者たちよりも多かったが、油断なく戦闘の準備を整えていた冒険者たちの敵ではない。さして時間もかからずオールトが四匹、ルイスが三匹、そしてポウラットが二匹を片付ける。

イリザは魔法で仲間を巻き込まないよう、後ろで子供たちと一緒に戦闘を見守っていたが、逃げようとしていたゴブリンを一匹、火球の魔法で仕留めた。

「おい、ロードはいたか？」

「いや、見なかったっす」

「変だなぁ、これだけの数のゴブリンがいるなら、必ずゴブリンロードがいるはずなんだが」

ゴブリンロードは、ゴブリンたちの上位種。ゴブリンたちの長《おさ》だ。ゴブリンたちの集団には一〜三匹程度のロードと呼ばれる上位種がいる。

オールトは斧の刃を地面に突き刺して木に立てかけると、右手を顎にやって考えこむ。

ゴブリン二匹と戦い、息を切らしているポウラットと違い、オールトとルイスはさっさと息を整えていた。

彼らにとってみれば、ゴブリンなど物の数ではない。

しかしオールトたちの見立てでは、もっと強力な魔物が潜んでいるはずだった。

この程度のゴブリンの集団で、あの翼人たちの里が壊滅するとは考えにくいからだ。

最低でもゴブリンロード。そしてゴブリンよりも強大な力を持つ、オーガ種などの魔物がいると思われたのだが――。

「やれやれ、穴蔵の中に潜んでいるんすかね？　いっそのこと、イリザの魔法でそこの洞の入口をふきとばして、生き埋めにしたらどうっすか？」

「抜け穴があったら意味が無いだろう」

「じゃあ、中に潜って調べるんすか？　あの洞穴の奥、明らかに臭そうっす。身体に臭いが染み込みそうっす。俺は嫌っすよ」

「文句言うなよ、仕事だろ」

オールトとルイスが軽口を叩いている様子を見て、イリザは溜息を吐いた。

「まるで緊張感が無いわね」

呟き苦笑する。

冒険者の卵たちが見ている前で、あまり悪い例を見せるのは良くないかもしれない。そう思いながら、自分の横で戦いを見学していたウィンとレティへ視線を向ける。

そして気が付いた。

「どうしたんだ？　レティ」

レティが身体を強張らせて、ウィンの左手にしがみついていた。

「もしかして初めての戦闘が、レティちゃんには刺激が強すぎたのかな？　びっくりしちゃったの？」

いくらなんでもレティは、冒険者として活動するにはまだ早すぎると思う。そんな思いを込めて苦笑を浮かべる。

「大丈夫よ、ポウラット君も私の仲間たちも、とっても強いから。ゴブリンなんかあっという間にやっつけちゃうよ？」

イリザはレティの視線の高さに合わせるためしゃがみこんだ。そして怯えているレティへと優しく声を掛ける。

「おにいちゃん……」

少し震える声でレティが口を開く。

そしてウィンの目を見た。

心配そうにレティの顔を覗きこんでいたウィンの顔が、急に真剣なものに変わる。

「どうしたの？」

レティのただならぬ気配を見てイリザは眉をひそめる。

レティはウィンから視線を外すと、洞穴の――上方へと向けた。

その視線を追って、ようやくイリザも気づく。

周囲に漂っている微かな魔力。

その発生源は――レティが視線を向けた先。

「オールト！　上っ！」

「くそっ！」

イリザの叫びに、とっさに反応して鉄の盾を頭上へとかざすオールト。

間一髪、頭上から降って来た影が振るった鈍器が、かざした盾に打ち付けられ、オールトはたたらを踏んだ。

洞穴の上から飛び降りてきた影は、犬頭を特徴とする妖魔コボルトにそっくりだった。ただし、普通のコボルトの大きさはゴブリンと同様、人間の子供よりも少し大きい程度。しかし、目の前にいるコボルトは二メートル以上もの巨軀《きょく》を誇り、右手に持っているのは大人の背丈よりも巨大な棍棒——というよりも、もはや丸太と呼びたくなるような代物《しろもの》だった。

そして焦茶色の毛皮の下には、それだけの武器を振り回せるだけの筋肉が盛り上がって見える。

何もかもがコボルトとしては規格外だった。

「おいおい……俺が知っているコボルトってのは、こんなにデカイもんじゃなかったはずだが」

崖上から落下した勢いを足した強烈な一撃を防ぎ、盾を持つ左手が痺れているのを我慢しながら、オールトは油断なくこの巨大なコボルトを睨みつけた。

「さながらオーガっすね……聞いたことはないっすけど、こいつはコボルトの上位種、コボルトロードといったところっすかね？」

怪力を特徴とする強力な妖魔、オーガを引き合いに出すルイス。魔法を使う騎士たちですら、苦戦する妖魔だ。オーガほどの大きさは無いが、それに匹敵する妖魔であれば、オールトたちも全力で相手をする必要がある。

「ポウラット、背後に回り込め。三人で囲んでやるぞ」

コボルトの正面にオールトが陣取り、右手側にルイス、そして背後にポウラットが回り込んだ。

グルルルという唸り声を上げながらも、コボルトはすぐには跳びかかってこない。

「さあて、始めようかね……」

オールトは乾いた唇を舌で湿らし、左半身を前に出して左手に持つ盾をかざす。片手斧を握り締める右手に力を込める。

コボルトは後ろへと回り込んだポウラットと、右横手で槍の穂先で挑発を繰り返すルイスが気になるのか、しきりに視線を行ったり来たりさせている。

三人の頬を冷たい汗が滴る。

コボルトの持つ武器は、もっとも原始的とも言える棍棒。

ただ振り回すだけの武器。

ただ振り回し粉砕する。

戦い方がシンプルな分、想像するのが容易なだけに、その威圧感が凄まじい。

コボルトを中心に取り囲んでいるオールトたちから十メートル近く離れた場所。ウィンとレティは固唾を呑んで見守っていた。ウィンの木剣を握り締める手に力が入る。

子供たちの傍らに立っているイリザは、いつでも魔法を唱えられるように立ち上がっていた。

「みんな、大丈夫かな」

「三人とも強いから大丈夫」

ウィンの呟きに返答しながら、イリザは魔法の詠唱に備えて目を閉じる。

何度も息を深く吸い、吐き出す――深呼吸。

全身から力を抜き、集中する。

周囲の雑音が聞こえなくなるまでに――。

どこまでも深く、自らの意識の底、深淵へと潜るように――。

ゆえにイリザは気がつかなかった。

ゴブリンとの戦闘、巨軀の犬頭の妖魔との戦闘にただ怯えて、慕っている男の子にしがみついていただけの少女――レティが、出会ってから初めてイリザへと視線を向けたことに。

魔法の行使のため、集中を深めていくイリザの一挙手一投足、その全ての動きをまるで観察するかのごとく見続けていたことに。


「おおおおおおおおお!!」

雄叫びを上げてオールトが一歩前へと足を踏み出す。

叫んだのはコボルトの注意を自身に引きつけるため。踏み出すと同時に足腰に力を入れ、踏ん張る。

コボルトの両目が獰猛《どうもう》に光り、右手に持った棍棒を頭上へと大きく振りかぶり、すさまじい勢いで振り下ろした。

何かが爆発したような轟音、そして衝撃。

「ぐぐっ……」

右足を前に出して腰を落として踏ん張っていても、盾ごと身体を持って行かれそうになる程の衝撃がオールトを襲い、手が痺れる。

一方、オールトの持つ盾に攻撃を防がれたコボルトは、攻撃の勢いそのままに棍棒を強引に振り抜いた。

「しまっ――――！」

「ルイス！」

必死に衝撃に耐えるオールトの耳に届くルイスの声。

ようやくの思いで衝撃を耐え、かざしていた盾の後ろから顔を上げたオールトの見た光景は、コボルトの大振りの攻撃の隙を突こうと踏み込み槍を突き出そうとしていたルイスが、その脇腹に棍棒をまともに受けて、吹き飛ばされる姿だった。

オールトの盾に叩きつけられたコボルトの棍棒は、多少威力を殺《そ》がれたものの強引に振り抜かれて、そのままルイスへと襲いかかっていた。その威力はルイスの予想をはるかに超えて、鋭く、疾《はや》く、暴風のごとく吹き荒れた。

槍の穂先がコボルトの胸部を貫くよりも早く、棍棒が自身の身体に到達すると察したルイスは、咄嗟に槍を引き戻し、その柄で受け止めようとしたのだが、その柄もあっさりと粉砕されてしまい脇腹へ痛撃を受けていた。

身体をくの字に折り曲げて吹き飛んだルイスは、十メートル近く先で地面に強く叩きつけられる。

「が……くはっ……」

地面を二転、三転する。

オールトの盾と槍の柄と、二段階で威力を相殺《そうさい》できたせいか、ルイスは激しく吹き飛ばされたが意識を失ってはいなかった。

呻きながらも、目を開けてコボルトのほうを見て立ち上がろうともがいている。

もしも棍棒をまともに受けていたら、内臓を潰されて間違いなく即死だっただろう。だがあの様子では、肋骨《ろっこつ》が何本か折れたに違いない。

「化け物め——っ！」

叫びながらオールトはコボルトの左手側へと一歩踏み込む。

攻撃を振り切った体勢のコボルトの視線が、踏み込んできたオールトへと釣られたその刹那《せつな》。

『——炎弾となりて穿て！』

飛来した火球がコボルトの胸の辺りに炸裂――轟音とともに爆炎を上げた。

爆発の衝撃にたたらを踏むコボルト。しかし、苦悶の声を上げながらも倒れない。

熱気と炎が、コボルトに踏み込んでいたオールトにまで迫る。

オールトはかざした盾で熱気を遮りながら、鋭く叫んだ。

「ポウラット！」

「おおおおおおおお！」

叫ぶと同時に突き出すようにして繰り出したポウラットの剣先が、背後から分厚いコボルトの胸板を貫いた。

「や、やった……」

ポウラットが剣の柄《つか》から手を離す。

心臓を貫かれたコボルトが前のめりにドウッと倒れた。

「よし、よくやったぞ。ポウラット」

「あ、ああ」

初めて大物の妖魔を倒した。

ポウラットは自身の両手に視線を落とす。

まだ、足が震えている。

ウィンとレティの前では、手練《てだ》れの冒険者のように振る舞っていたものの、彼もまだようやく駆け出しから一人前と呼ばれるようになったばかりの冒険者。

まだ、たかだか十八歳の若者なのだ。


「ルイス！」

イリザが倒れ伏したままのルイスへと駆け寄った。

「アイタタタ……いやぁ、しくじったっす」

「もう！　ちょっと黙ってて……」

イリザはルイスの側《そば》に座り込み、棍棒で殴られた脇腹に両手を添えると、精神を集中させて呪文を詠唱した。

『我、理を識りて、請い願う。力よ、集《つど》いて汝を癒せ！』

「助かるっす」

イリザの両手が淡い輝きに包まれる。

癒しの魔法だ。

「肋骨が折れてるから、完治とまではいかないわよ？」

「……歩ける程度に治ればいいっすよ」

イリザの両手から伝わってくる心地良い温かさと同時に、スーッと引いていく痛みにほうと息を吐くルイス。

(思ったよりも強かったな)

イリザがルイスに治癒魔法をかけているのを眺めながら、オールトは安堵の溜息を漏らした。

危うく犠牲者を出すところだったと反省しながら、愛用の盾を見る。

棍棒の衝撃の大きさを物語るように、鉄製の盾が大きく凹んでいた。

ルイスがあの程度の負傷ですんだのは幸運が味方したというところだろう。

油断はしていなかったつもりだが、ゴブリンと犬頭の妖魔――たかがコボルトという思い込みが、どこか心の奥で油断を招いていたのかもしれない。

前のめりに倒れ伏しているコボルトへと視線を向ける。

突き刺した剣を引き抜こうとポウラットが四苦八苦しているのが見えた。

力強く突き刺していたので、骨に刃が引っかかっているのかもしれない。

子供たちの方は大丈夫だろうかと視線を動かす。

「――ん？」

レティがウィンの腕にしがみついたまま、視線をこちらに向けて震えているのが見えた。

(刺激が強すぎたか？　萎縮しちまったか……)

ルイスがぶん殴られて、吹っ飛んだのだ。衝撃的な光景だっただろう。

「おーいお前ら、もう大丈夫だ。どうした？　初めて見た戦闘は恐ろしかったか？　ちょっと、ルイスのやつがポカやらかしたが、何てことはないからな。どうだ、いい勉強になっただろう？」

歩み寄ると、強面に精一杯の笑みを浮かべて子供たちへ話しかけたが、ウィンとレティはオールトの方へと目を向けず、倒れているコボルトを見たままだった。

「オ……オールトさん……」

やっと口を開いたウィンの声は掠《かす》れていた。

「どうした？　ウィン」

「レティが……レティがそいつ、まだ死んでないって！」

「う、うわ……あああ!?」

ウィンの言葉と同時に、ポウラットの悲鳴混じりの声が響き渡る。

「……なに!?」

オールトが振り向いた先には、胸を剣で貫かれたままのコボルトが立ち上がっていた。

第四章

忍び寄る闇

1

イフェリーナの住んでいた里が滅ぼされたあの夜、翼人たちは子供たちを家の中へと隠すと、森の中から現れた魔物たちと戦った。

人里離れた森の奥。

魔物による襲撃は、希《まれ》にある。

特に魔王が復活してからは、年に一度程度の頻度で起こっていた。

しかし、他種族からは神として崇められることもある種族。

魔物の襲撃を受けても、里の者には一度も被害を出したことはない。

圧倒的なまでの力で退けてきた。

今回の襲撃もそうなるはずだった。

「いい？　リーナ。絶対に家の外に出てはダメよ？」

「大丈夫だ。父さんは強いんだぞ。ゴブリンだろうと、オーガだろうと、どんな魔物にだって負けないさ」

翼人は一人一人が人間には及びもつかない魔力を有した種族。イフェリーナの両親は、魔物の咆哮に怯える幼い娘を慰めると、家の中に隠れているように言いつけて出て行った。

翼人たちは天空から雷を召喚し、荒れ狂う大気の刃で魔物を切り刻み、粉砕する。

外から響く轟音。

強烈な閃光。

魔物たちの断末魔の叫び。

まだ幼いイフェリーナの精神が、恐怖に耐えられなくなったのも無理はない。

恐怖で毛布の中に潜り込んでいたが、いつの間にか意識を失っていた。

やがて目が覚めた時には、周囲からは物音一つ聞こえなかった。

「……ケホッ……コホッ……」

部屋の中に満ちる煙に咳き込む。

屋根が崩れ落ち、部屋の半分を埋め尽くしていた。

イフェリーナは、射し込む月明かりの中、ようやく通れるだけの隙間を柱の間に見つけて外へと這い出した。

そして――。

イフェリーナの目の前に、変わり果てた里が広がっていた。

昨日まで笑い合っていた里の人々が、見るも無残な姿で、血に染まり物言わぬ骸《むくろ》となっていた。

ふらつく足取りで里の中を歩いていく。

そして出会った。

月明かりに照らしだされ、真っ赤な炎と黒煙を背に、その巨大な影は立っていた。

何か丸いモノを足で弄んでいる。

イフェリーナは恐る恐る、その影へと近づいて行った。

転がされていた丸いモノがゴロリと転がって、驚愕の表情を浮かべたままの顔をイフェリーナに見せた。

「……お……とう……さん？」

それはこの里で一番の魔法の使い手だったイフェリーナの父親の首。

イフェリーナにいつも優しい笑顔を浮かべて接してくれていた、大好きな父親の首から下が無い。

「おとうさん！」

「おっと……もう一匹いたのか」

影がイフェリーナへと手を伸ばす。

ギラつく野獣のような瞳。

犬や狼を思わせる頭部。

そして、鋭い犬歯の見える凶悪な口。

「こいつはお前の親父か？　強かったぜ。魔族であるこの俺様を、ここまで手こずらせるとは、さすがは翼人といったところだな。まるで手応えのない人間の騎士と違って、随分と楽しませてもらったぜ。魔王様のご命令とはいえ、こんな辺鄙《へんぴ》な所、さっさと滅びを撒き散らして帰る気でいたんだが、思わぬ収穫だったぜ」

言いながら、犬頭の魔族はゆっくりとイフェリーナに近づいた。

家の屋根にも届きそうなほど背丈のある巨体が、小さなイフェリーナを見下ろす。

「そういえば翼人ってのは、精神の奥底で、お仲間同士が繋がっているそうだな。さすが精霊に近い半神半人の種族といったところか」

悪魔は毛むくじゃらで、鋭い刃のような爪の生えた手を伸ばすと、恐怖で身動きのできなくなってしまったイフェリーナの頭をわし掴みにして、顔の前まで持ち上げて睨《ね》めつけた。

「いいか、お前は餌だ。運が良かったな、生かしておいてやろう」

恐怖で目を見開いているイフェリーナに獰猛な笑みを浮かべて見せる。

「ククク……逃げるなよ？　逃げてもお前には俺様の匂いを付けてある。どこへ逃げようともすぐに見つけ出して殺す。だが逃げなければ生かしておいてやろう。お前という餌に釣られてやってくる翼人が来なくなるまでな。殺さずにおいてやるよ」

犬頭の魔族が口を開くたびに、イフェリーナの顔へ血腥《ちなまぐさ》い息が吹きかかり、イフェリーナは恐怖から再び意識を失ったのだった。

それから何回か、同胞の里の異変に気が付いた他の里の翼人たちが、イフェリーナの里を訪れた。

イフェリーナの悲しみと絶望の心に触れて遠く離れた地に住んでいる翼人たちが、彼女を救い出そうと試みた。

しかしイフェリーナを助け出そうと訪れた翼人たちは、待ち受けていた犬頭の魔族によって、ことごとく殺されてしまった。

さながらイフェリーナという蠟燭《ろうそく》の灯りに誘い込まれる、虫けらのごとく――。

やがて、イフェリーナを救出することを諦めた翼人たちは、里を訪れなくなった。

毎日のようにイフェリーナは、誰かが助けに訪れるのを待ち続けた。

いつ殺されるかわからない。

いつも怯えていた。

（誰か、助けて！）

――死ぬのは怖かった。

生きたいと強く思った。

強く思い続けたイフェリーナの心、それは他の里の翼人たちへも伝わっていく。

逆に言えば、他の里の翼人たちの心もまた、彼女に伝わってくるのだ。

――諦め。

その思念が届いた時、イフェリーナは一人ぼっちで生へとしがみつくことを決めざるを得なかった。

もう二度と誰かから抱きしめてもらうこともない。

言葉もかわせない。

笑いかけてももらえない。

静寂のみが支配する滅びた翼人の里で、ただ一人生き続ける。

『――お前という餌に釣られてやってくる翼人が来なくなるまでな。殺さずにおいてやるよ』

その翼人たちが訪れることはもうなくなった。

もうイフェリーナには、餌としての価値も無くなってしまった。

――殺される。

嫌だ。

怖い。

死ぬのは嫌だ。

死にたくない。

もっと生きていたい！

そして――。

「みーつけた！」

男の子の声がして――イフェリーナはゆっくりと、死と絶望の世界から覚醒する。

「ううっ……うっ……」

ローラは繕《つくろ》い物《もの》をしていた手を止めると、部屋の中を振り返った。

小さなお客様。翼人の少女――イフェリーナが、眠ったまま泣いている。

すでに日は天頂にまで昇っていたのだが、ローラはイフェリーナを起こさないように、静かに立ち上がると、彼女の頬に優しく触れて、こぼれた涙をすくう。

昨夜、イフェリーナはお腹いっぱいになるまでシチューを食べた後、横になった途端、糸が切れたかのように眠ってしまった。

数ヶ月ぶりとなる湯浴みで身体を綺麗にしてもらい、同様に数ヶ月ぶりの温かい食事を満腹になるまで食べて、今までの疲れがどっと出たのだろう。

ようやく安心することが出来たのかもしれない。

里が滅んでから、ろくな食べ物を食べていなかったことは、イフェリーナのひどく痩せ細った身体を見ればわかることだった。

(まだこんなに小さいのに、よく頑張ったわね)

何重にも袖を折った、だぶついた服から覗いているイフェリーナの、固く、ギュッと握りしめられた拳を、ローラはそっと包み込むようにして握る。

すると、イフェリーナがゆっくりと目を覚ました。

彼女の赤い瞳は、しばし周囲に視線を彷徨わせると、ローラの顔へと視点を結ぶ。

「怖い夢でも見たの？　大丈夫、ここはおばさんの家だから安心していいからね？　怖くなんて無いのよ」

「……あのね……リーナはね。えさなんだって……リーナがここにいると、わるいやつがやってきて、みんなをいじめるの……」

顔をグシャグシャに歪めると、また泣きだしてしまうイフェリーナ。

「大丈夫よ？　悪い奴はみんながやっつけてくれるわ」

（どうか、みなさん気をつけて……）

イフェリーナの言葉に不吉な予感を覚えつつ、ローラは冒険者たちの無事を願いながら、翼人の少女をあやし続けた。

2

「うわあ、凄かったな。かっこいい！」

犬頭の大きな魔物が振るった、まるで丸太の様な棍棒。その一撃を頭上へかざした鉄の盾で、見事に受け止めてみせるオールト。

流れて来たコボルトの一撃は受けてしまったものの、刹那の一瞬で槍を引き戻して、打撃を弱めてみせたルイスの槍さばき。

そして、イリザの火球の魔法から始まるポウラットの必殺の一撃。

ほんの僅かの間に見せた、熟練した冒険者たちの連携攻撃を、ウィンは瞬きをすることも忘れて、隠れている茂みから身を乗り出すと、食い入るように見つめていた。

ポウラットの突き出した剣が、コボルトの背中から分厚い胸板を貫き、そしてコボルトが大地へ倒れ伏した時、ようやくウィンは、息すらも止めて見入っていたことに気づき、息苦しさを覚えて、何度も息を大きく吸い込んだ。

身体が熱く感じる。

震えが走る。

木剣を強く握り締めている右の手の平に、大量の汗をかいていた。

「凄い！　凄いよレティ！　かっこいい！　僕もああなりたいよ！」

戦闘に挑む大人の冒険者たちが身に纏った緊張感と緊迫感。

そして戦闘を終えて、武器を下ろすその仕草。

全てがかっこいい。

ウィンは興奮に目を輝かせ、大人の冒険者たちから目を離さないまま、すぐ横で戦闘の推移を見つめていたレティに話しかけた。しかし、興奮しているウィンとは反対に、レティは黙ったまま、強く彼の左腕にしがみついてきた。

ウィンは驚いて目を向ける。

「どうしたんだよ？　レティ」

そこには自分にしがみついて、目をつむり小さく震え続けているレティの姿があった。

「……こわい。こわいよ、おにいちゃん。あのいぬさん、まだ……しんでない」

レティに言われて、ウィンは再びコボルトへと目を向けた。コボルトは間違いなく胸を剣で貫かれて、前のめりに倒れ伏している。

ちょうどポウラットが剣の柄に手を掛けて、コボルトの身体から引き抜こうと引っ張っているところだった。

「レティ、大丈夫だよ、みんながやっつけたから、あの犬みたいな魔物はもう死んじゃってるよ！」

しかし、ウィンの言葉にレティはイヤイヤと言うように、小さく首を振る。

「あのね？　おにいちゃん。なんかね？　へんなものがみえるの。あのいぬさんのまわりにね、なんだかこわいものがあつまってるの……」

そう言うと、レティはウィンにきつく抱きついてきた。

「こわいよ、おにいちゃん！」

「怖いもの？　そんなもの、僕の目には見えないけど……何が見えるの？」

「レティにもよくわかんないの。あのおねえちゃんがおっきい火をつくったときみたいなんだけど、それとはぜんぜんちがう、こわいものがあつまってるの」

レティはイリザを指差すと、今にも泣きだしそうな表情を浮かべていた。

そこへ、

「おーいお前ら、もう大丈夫だ。どうした？　初めて見た戦闘は恐ろしかったか？　ちょっと、ルイスのやつがポカやらかしたが、何てことはないからな。どうだ、いい勉強になっただろう？」

レティが怯えているのに気がついたのだろう。オールトがウィンたちの方へと歩いて来た。

髭面の強面を、精一杯の優しげな笑顔で取り繕おうとしている。

そのオールトを見ながら、ウィンは違うことを考えていた。

――レティには自分にない才能がある。

ウィンはレティと一緒に鍛錬をしている時も、勉強をしている時も、常々そう感じていた。

剣も、魔法も、レティはウィンが長い時をかけて身に付けた技術を、ほんの僅かな時間で吸収して会得《えとく》してしまう。

物語の中に出てくる騎士、英雄、偉人、聖者――そして『勇者』。

常人には計り知れない力を持つ者たち。

レティはもしかしたら、彼らに匹敵しうる才能の持ち主なのかもしれない。

物語の主人公になれる素質――。

子供心にも、そう思ってしまうほどの眩しい才能をレティから感じた。

そして今も、自分には感じ取ることができないが、レティにはもしかしたら——。

「……オールトさん」

（レティがそう言うのであれば、あれはまだ死んでいない！）

「どうした？　ウィン」

「レティが……レティがそいつ、まだ死んでないって！」

「どういうことだ？」

「うわ……あああ!?」

ウィンが警告するのと同時に、ポウラットの悲鳴が周囲に響き渡った。

「……なにっ!?」

「ポウラットさん！」

倒したと思われたコボルトが、立ち上がっていた。

それも剣で胸を貫かれたままの姿で——。

ポウラットはそのコボルトの正面で尻もちをついたまま、愕然とした表情を浮かべて魔物を見上げていた。

「そんなバカな！　心臓を貫いているんだぞ！　妖魔コボルトといえど、身体のつくりは生物と同じはず！」

オールトが目を見張り、呻くような口調で言った。

とりあえず動ける程度まで傷が治癒し、半身を起こしたルイスと、治しきれなかった傷に、薬と包帯を巻いていたイリザが、驚愕の視線でコボルトを見つめていた。

「……ククク、ハーッハッハッハ！」

冒険者たちの注目を集める中、コボルトはゆっくりと肩を回しながら、野太い声で哄笑した。

「イヤイヤイヤ、なかなかやるじゃないか？　冒険者っていうの？　思わぬ掘り出し物だったわ！　こんなに楽しめるとは思わなかったぜ？」

「コ、コボルトが喋った？」

「ああ、喋るぜ？　喋っちゃおかしいか？　まあ、俺様はコボルトなんかじゃねぇ。ヴェルダロスというのが俺の名前だ。お前らにわかりやすく言うと、魔族って奴だな」

驚きで思わず声を漏らしたイリザに律儀《りちぎ》に返事をする。

そして冒険者たちは目を見張った。

ヴェルダロスと名乗った魔族の哄笑とともに、胸を貫いていた剣が抜けていく。

音もなく、血が噴き出ることもなく、手で触ることもなく勝手に抜けた剣は、一瞬空中で静止した後、カランッという軽い音を立てて地面に転がる。

「そうか、あの翼人の里を滅ぼしたのはこいつか……」

オールトは理解した。

個人で圧倒的な戦闘力を持つ翼人たち。その里を滅ぼしたのが、このヴェルダロスだということを。

名乗る名を持つ魔族——それは高位魔族の証明だった。

愛用の片手斧を握る手に力がこもる。

先ほどまで感じられなかった強烈な圧迫感。

空気が重く感じられた。

足が震えているのがわかる。

(こんなに死を身近に感じたのはいつ以来だ?)

口元を歪め、オールトは歯を食い縛った。そうしなければ、自分もポウラットと同様、腰を抜かして地面に崩れ落ちてしまいそうだ。

「クックック……殺さずに生かしておいたガキに誘われて来る、間抜けな翼人を待ち伏せて殺していたんだが、殺《や》りすぎちまったのか、最近はまるで来なくなっちまってなあ。退屈していたところなんだよ。だからさ、お前ら少し俺と遊んでくれよ?」

人差し指と中指だけ伸ばすと、手招きするようにクイクイッと曲げてオールトたちを挑発する。

「この化け物め!」

叫ぶと同時に、オールトは何とか心を奮い立たせると、ヴェルダロスと名乗った魔族に向かって走りだした。突進して行く勢いそのままに、右手の斧を振り下ろす。

冒険者となる前は、傭兵として戦場を渡り歩き、幾多の敵を屠ってきたオールトの斧。

その豪腕が振り下ろす斧の刃は、岩をも穿つ達人の刃。

しかし――。

渾身の力を込めたオールトの一撃を、ヴェルダロスは棍棒を持っていない左手で受け止めていた。

手の平には斧の刃すら食い込んでいない。

「いい一撃だが、俺にはただの鋼《はがね》の刃は通用しないぜ？　さっきも言っただろう？　俺様は魔族だ。魔族相手には、魔法による攻撃か、魔力が込められた武器しか通用しない。知らないのか？」

受け止めていた斧の刃を掴むと、そのまま刃を握り砕く。そして、振り払った。

斧の柄を握りしめたままだったオールトが、大地から根を引っこ抜かれるように吹き飛ばされる。

「ぐっ……化け物め……」

とっさに受身を取って大地を転がったオールトは、姿勢を整えると呻き声を上げて立ち上がる。

「オールト！」

ルイスの側で治癒魔法をかけていたイリザは、立ち上がって口早に魔法の詠唱を開始した。

その詠唱に合わせて、オールトも再びヴェルダロスへと突進して行く。

「おいおい、得物も無しにどうしようってんだ？」

オールトは吹き飛ばされても空中で離すこと無く握りしめていた斧の柄を、ヴェルダロスに向かって力いっぱい投げつけた。

別に当たったところで、魔力が込められていない斧の柄では、ヴェルダロスは何ら痛痒《つうよう》を感じないのだが、ヴェルダロスはそれでも一応飛んできた斧の柄を払い除けた。

『刃よ、我に従え！　我、剣の理を識りて、刃に現す！』

そこにイリザの魔法が完成する。

その目標は、先ほどまでヴェルダロスの胸に生えていた剣。いまはヴェルダロスの力で胸から抜け落ち、地面に転がったままのポウラットの剣だ。

オールトはそれを拾い上げると、斬りかかる。

「ほう？　付与魔法か！　面白《おもしれ》え！」

オールトの剣が縦横無尽に振り回される。

付与魔法によって魔力を宿し、淡く輝く剣身が空中にその軌跡を描き出す。

得意とする得物である斧でなくても、オールトの剣技は十分に一流の域に達していた。

しかし、当たらない。

ヴェルダロスはその巨体に似合わぬ敏捷さで、オールトの剣を軽々と避けていく。

そして——。

「おらよ！」

避けるに徹していたヴェルダロスが、不意に右手に持っていた棍棒を振り回す。

至近距離で剣を振り回していたオールトは、その棍棒による一撃を躱《かわ》しきれない。

咄嗟《とっさ》に盾をかざして身を守ろうとする。

ドゴンッという爆発音のような音を立てて、棍棒が盾に衝突した。

その衝撃に耐え切ることが出来ず、オールトは吹き飛ばされると大地に叩きつけられた。

魔力を付与されたポウラットの剣が、オールトの手を離れて飛んでいった。そしてイリザの横を抜けてウィンとレティの側にまで飛んで行くと、地面に突き刺さる。

「おっと、悪ぃ悪ぃ。つい力が入りすぎてしまったわ」

笑いながらゆっくりと、ふっ飛ばされたオールトの所へ歩いて行くヴェルダロス。

「残念だ……その腕じゃもう戦えないだろう？」

棍棒を受け止めた鉄の盾は無残なまでに凹んでいた。

鉄の盾が凹む程の一撃を受け止めたオールトの左腕は、その衝撃で、内部から血管が破裂したかのように血まみれになっていた。

筋肉を、皮を突き破って、折れた骨が覗いている。

「オールト！」

ポウラットがオールトの所へと駆け寄る。

折れていないオールトの右手を自らの首へと回し、ポウラットはオールトの身体を担ぎ上げる。

「おっと、逃げ出すつもりか？　そう簡単に俺が逃すと思ってるのかよ？」

嘲笑の色を浮かべて言うヴェルダロスに、オールトはポウラットの肩を借りてヴェルダロスから離れようとしながら、にやりと笑ってみせた。

「貴様から逃げ出そうとしているんじゃない。俺たちはただ、貴様から離れようとしているだけだ」

「なに？」

『――炎弾よ、穿て！』

イリザの全魔力を込めた火球が、彼女に背を向けていたヴェルダロスへと着弾。

轟音とともに爆炎を噴き上げた。

「やった!?」

火球の魔法がヴェルダロスに確かに命中したのを確認し、イリザが喜色の混じった声を上げる。しかし――。

「甘ぇよ！」

暴風のような突風によって炎と煙が吹き散らされる。そして、ヴェルダロスが棍棒を振り切った姿勢で立っていた。

「確かに俺たち魔族は、攻撃魔法か、もしくは魔力が込められている武器でしか倒すことはできねえ。だが、その程度の攻撃魔法なんざ、翼人どもの魔法と違って防ぐまでもねえな！」

「まあ、多少は痛かったけどな。少しは楽しめたが、しょせん人間なんざこの程度か。翼人も来なくなっちまったし、さっさと貴様らを始末した後に、あの餌にしていたガキも殺すとするか」

「化け物め……」

「そんな……」

オールトは唇が切れるほどに噛み締め、ポウラットは蒼白を通り越して土気色《つちけいろ》の顔でヴェルダロスを見つめていた。迫り来る圧倒的な恐怖で足が竦《すく》んでしまい、オールトを担いだまま一歩もその場から動くことができないでいた。

一方、イリザは先ほどの火球の魔法で、持てる全魔力を使い果たしてしまったのだろう。地面にへたり込むと、激しく喘《あえ》いでいる。

そのそばで槍を失ってしまったルイスが、予備の武器である短剣を抜いて、せめてもの抵抗を試みようと、上体を起こしていた。

目の前にヴェルダロスが立った。

獰猛にギラつくヴェルダロスの目に射抜かれて、ポウラットは肩に担いでいたオールトを取り落とし、地面に無様に尻餅をついた。

全身がおこりのように震え、ガチガチと歯が音を立てる。

ポウラットが手を離したことで、地面に転がり落ちたオールトも、立ち上がるだけの力を失い、身動きできずに死を待つより術《すべ》はなかった。

「あばよ。まあ、退屈しのぎにはなったぜ？」

ヴェルダロスが棍棒を振り上げ、まずはポウラットとオールトに死を与えようとして
──。

「ギャアアアアアアア!!」

ヴェルダロスの口から悲鳴が上がった。

先ほどポウラットが突き刺した時と同様に、背中から分厚い胸板を貫いて剣先が飛び出していた。

絶叫を上げて腕を振り回すヴェルダロス。

淡い輝きに包まれた刃。

魔力の込められた刃で傷つけられたため、今度は無視できなかったようだ。

「だ……誰が？」

痛みをこらえて何とか上半身を起こしたオールトの疑問に答えるように、ヴェルダロスの背中から胸へと剣を貫いた者が、魔族の広い背中を蹴ると同時に剣を引き抜いて後方へと着地する。

「ウィン！」

オールトの手を離れて飛んで来たポウラットの剣を構えたウィンが立っていた。

「クソッ……ガキが。油断していたから、結構痛かったぜ。しかし、なかなかやるじゃな

いか。なんだ？　俺様と遊んで欲しいのか？」

「バ、バカ！　逃げるっす！　ウィン！」

痛みをこらえてルイスが叫ぶ。

しかしウィンは剣を両手で構えると、ヴェルダロスへと向かって走りだした。

子供とは思えぬ凄まじい速度で間合いを詰めていく。

「ちょこまかと！」

ヴェルダロスが棍棒を振り回す。

ウィンは棍棒が届く直前で身を翻すと、後方へと跳んで避けた。それでも棍棒の生み出した突風が、ウィンの軽い身体を吹き飛ばす。

ウィンは突風によって流されてしまった己の姿勢を、空中で整えると綺麗に大地へと着地した。

それを見てヴェルダロスが、犬歯を剝き出しにして狼のような口を大きく開いた。

大きく開いた口へ魔力による光が集まっていく。そして次々と光弾をウィンに向かって射出した。

その光弾をウィンは小刻みに右へ左へとステップを踏んで躱していく。そして徐々にヴェルダロスとの距離を詰めて行った。

至近距離までウィンに接近されたヴェルダロスは、口を閉じて光弾を撃つのを止めると、再び棍棒を振り回す。その一撃をウィンは身を屈めて掻い潜った。

子供だからこそできる、小さな体軀を活かしての動き。

ブオンッとウィンの頭上ギリギリを棍棒が唸りを上げて通り過ぎて行く。ウィンの焦茶色の髪の毛が、暴風に晒されて千切れそうなくらいに引っ張られた。

だが、ウィンは暴力的なまでの風に顔を歪めながらも、ヴェルダロスの太腿を薙《な》ぐようにして斬りつけた。

「油断さえしてなければ、その程度しか魔力が込められていない剣なぞ、俺にはほとんど効かねえぞ！」

事実、あれだけ危険を伴った攻撃でも、わずかに切り傷をつけることが出来ただけだった。

懐に潜りこまれたヴェルダロスは、ウィンに向かって言いながら、棍棒から手を離して殴りかかってくる。

振り下ろされた拳を避けると、ウィンは拳を繰り出して伸びきったヴェルダロスの腕を足場にして駆け上り、その顔面に向けて鋭い突きを放つ。

突き出された剣先を首だけ捻ることで避けたヴェルダロスは、腕からウィンを振り払うと同時に、足場を失って空中にいるウィンへと回し蹴りを放った。

空中に放り出されたウィンは、凄まじい速度で迫るヴェルダロスの足へと左手を伸ばし、触れたと同時に肘を曲げることで衝撃を吸収。

逆に推進力として蹴りだされた方向へと、勢い良く飛んだ。

そして飛ばされると、同時に叫ぶ。

「レティ！」

「むっ⁉」

飛んで行くウィンの視線はヴェルダロスを見ていない。訝しんだヴェルダロスがその視線を追う。するとその視線の先には、イリザが使っていた火球の攻撃魔法――その数倍にまで膨れ上がった火球を頭上に浮かべたレティの姿があった。

「何だとっ⁉」

ヴェルダロスへと真っ直ぐに視線を向けたレティが、頭上に浮かんでいる火球に向けていた両手を思いっきり振り降ろした。

火球によって生じた強烈な熱気が大気を掻き乱し、暴風と共に渦巻く豪火がヴェルダロスを包み込む。そして爆音が轟くとともに天頂まで届くような爆炎を噴き上げた。

3

砂塵が炎と煙とともに激しく舞い上がる。

爆発の衝撃で大地が揺れた。

轟く爆音から一拍置いて吹き付けてきた熱波にたまらず、その場にいた冒険者たちは手で顔を覆うようにして庇った。

ヴェルダロスの蹴撃《しゅうげき》に合わせて飛び、距離を取ったウィンだったが、それでも爆心地に最も近い位置にいた。体重が軽いウィンは爆風に飛ばされないよう、地面へと身体を伏せて熱波をやり過ごす。

熱気を伴う暴風が髪の毛を激しく乱していった。

（何て威力なの……）

イリザはローブの袖で顔を隠しながら、驚嘆していた。

熱波と吹き付ける砂塵でまともに目を開けていられなかったが、薄目を開けてレティの方へと顔を向ける。

火球が爆発した瞬間を見てしまったため、目がチカチカしている。それでもレティの姿をなんとかとらえることができた。

レティも自らの行使した火球の魔法によって生まれた、熱を伴う暴風から身を守るため、地面へとしゃがみ込んでいる。もっとも魔法を行使した直後は、術者の身体とその周囲には魔力の残滓《ざんし》が漂っているため、それらが障壁となって術者を守っている。

強力な魔法を使えば使うほど、その残滓の量は大きい。

そのため、熱波のほとんどが障壁に遮られているはずだ。

レティが使った魔法――《火球》は、火を操る攻撃魔法としては、最も初歩的な魔法だが、その威力がレティとイリザとでは比べ物にならなかった。

しかもレティは、イリザを遥かに上回る威力で魔法を使っておきながら、疲れている様子も見せない。

(これならさすがに魔族でも……)

イリザでなくてもそう思うだろう。

しかし——。

「ウォオオオオオン!」

まるで狼を思わせる遠吠え。

同時に、いまだ燃え盛る豪火を、内側から赤黒い光が切り裂いた。

炎が膨れ上がり煙もろとも弾け飛ぶ。

「そん……な……?」

「ありえないっす……」

イリザは目を見張った。その横でルイスもまた、信じられないという様子で小さく呟く。

「いやあ、驚いた。まさかこれほどの魔法の使い手がこんなところにいるとは思わなかったぜ……それもこんな人間のガキが」

炎を切り裂き、煙をいまだ身に纏わりつかせて炎の中から歩み出てくるヴェルダロス。

右腕が倍以上に膨れ上がり、その右腕に纏っている赤黒い光がまるで脈動するかのように明滅していた。

「大した魔力だが、わざわざただの炎へと変換した意味がわからねえ……いや、まだ魔法構成の仕方が未熟なだけか……」

ヴェルダロスの呟きに、どうして魔族が無事だったのかを理解したイリザは歯嚙みをする。

レティが使った《火球》の魔法は、イリザの使った魔法と同じもの。彼女が生み出したイメージを、寸分違《たが》わず模写して使ったのだろう。そのために、レティが持っている本来の魔力が効率よく魔法へと変換されなかった。

ヴェルダロスが言うとおり、イリザの魔法構成力は残念ながら、一流と呼ばれる魔導師には程遠い。冒険者として、市井にいる魔導師としてならば、十分な実力者と呼んでも差し支えないが、国に仕えている騎士や一流どころの集う宮廷魔導師と比較すると、はるかに劣っている。

例えば先ほどの《火球》の魔法。

イリザが十の魔力を使用して火球を生み出した場合、魔力を込めることが出来る炎は二割程度でしかない。残りの八割のうち、二割の魔力は魔法へと変換されることもなく、無駄に消費されてしまい、五割が普通の炎として発現している。そして残った一割が魔力の残滓としてイリザの周囲に漂い、魔力障壁となるのだ。

魔導師の実力は、本人の資質が大きく関わってくるのはもちろんなのだが、それ以外にも難解な魔導書を紐解き研鑽して得た深い知識と、何度も試行錯誤を繰り返して得た経験も重要となってくる。研鑽と経験を積むことで、魔力をより効率的に使えるようになり、魔法によって生み出した炎を、より純粋に魔力の込められた炎へと変換することができる。だからこそ魔導師は、多くの場合、年若い魔導師よりも、年老いた魔導師のほうが本領を発揮することができるのだ。

生物や魔物に対しては、ただの炎でも十分な効果を期待することが出来る。しかし、魔族に対して有効な効果を与えられるのは、残りの二割——魔力が込められた炎だけなのだ。

（私がもっと……もっと魔法を使いこなせていたら！）

イリザの未熟な魔法構成をそのまま模倣したが為に、レティの《火球》の魔法構成もまた未熟なまま、威力を十全に発揮させることができなかったのだ。

イリザが深く後悔している間に、

「そっちの奴らより、少しは楽しめそうじゃないか」

レティに向けてヴェルダロスから強烈な殺気が放たれた。

殺気が周囲にいる冒険者たちにも伝わる。

息苦しさすらも覚える強烈な圧迫感。

それを直《じか》にぶつけられているレティの表情は、恐怖で引きつっていた。

足が震え、声を出すこともできず、ただ歯をがちがちと鳴らして立ちすくんでいる。

両の瞳から溢れた涙が白い頬を濡らす。

「ほら、さっきの魔法をまた見せてくれよ。俺と遊ぼうぜ」

「ひっ……」

ようやく絞り出した声は、恐怖で言葉にならない。

悲鳴すら上げることも出来ない。

顔面を蒼白にして身じろぎもできないでいるレティの前に立つと、ヴェルダロスは、にぃと牙を剝き出しにした。

「ハッ……しょせんガキか。怖気《おじけ》づいて抵抗もできないでいやがる。どうしたよ？　もう一度魔法を撃ってみろよ。それともあれが精一杯か？」

刃のように鋭い爪が生えた右手をレティへと向ける。

「オラ、もう少し楽しませてみなよ。さもないと……殺すぞ？」

突き出しているヴェルダロスの右手の先に赤黒い光が生まれた。そして急速に膨張していく。

「レティ！」

膨れ上がったヴェルダロスの魔力が、レティの頭を吹き飛ばそうとした瞬間——横合いからウィンが飛び込むような勢いで、身動きしないレティの腕を摑んだ。そのままレティを引きずるようにして走る。

直後、目標を失ったヴェルダロスの魔力が地面の中へと潜り込み、地中で爆発。大量の土砂《どしゃ》を巻き上げた。

爆発によって生じた爆風と砂礫《されき》が、走って逃げる子供たちへと襲いかかる。ウィンはとっさにレティを胸に抱え込むようにすると砂礫から庇った。

「ぐぅ……」

猛烈に巻き上がる砂埃の中、レティの耳に届くウィンの呻き声。

やがて、パラパラと舞い上がった砂嵐が落ち着き、レティはウィンの腕の中で目を開ける。

「お、おにい……ちゃん？」

「大丈夫か？　レティ」

飛来した砂礫で切ったのだろう。額から、腕から、足から、全身の至る所に切り傷を負い、血が流れていた。

「おにいちゃん……血……血が……」

「大丈夫、大したことないよ。それよりも、レティは怪我してない？」

息を呑み、涙をこぼしながらもレティは頷く。

ウィンは抱きつこうとするレティを、そっと押しやるようにして身を離した。

立ち上がると、レティを庇うように前に立ち、震える足で剣を構える。

「いい度胸。きなよ」

「おにいちゃん！」

叫ぶレティを置いて、ウィンは力を振り絞るとヴェルダロスの横手に回り込むようにして走った。

左右に何度もステップを踏んでフェイントを掛け、ヴェルダロスの上半身に突きを放つ姿勢を見せた後、瞬時に身体を低くしたまま身体を一回転。そのまま足を目掛けて斬撃を放つ。

しかし刃が届く寸前、ヴェルダロスは跳躍してその斬撃を回避した。

横薙ぎの一撃を躱されたウィンは、跳躍して宙にいるヴェルダロスを追って自身も跳び上がった。

剣を下から斬り上げるように、ヴェルダロスへと斬撃を繰りだそうとして――。

「――っ!?」

ウィンの視界から突然ヴェルダロスが消えた。

「良い動きをしているが、おせえなっ!」

「――っ!」

着地すると慌てて声のした方を振り向くウィン。

背後にヴェルダロスが迫っていた。

ウィンは慌てて足を踏ん張ると、防御の姿勢を取ろうとするが、それよりも早くヴェルダロスの右足がウィンのみぞおちへと突き刺さった。

放物線を描きウィンが地面へと落ちる。そして激しく二転、三転した。

「おにいちゃん!」

「ウィン!」

レティとポウラットが叫ぶが、ウィンは地面に転がったまま、ぴくりとも動かない。

ウィンの傍らに転がっている剣から、込められた魔力の淡い輝きが消え失せていく。

「おっと気を失ったか。まあいい……興が醒めた。今日はここまでにしておいてやるよ……」

冒険者たちを睥睨《へいげい》するヴェルダロス。

そして手を突き出すと、指を三本立てて見せる。

「――三日ほど猶予をやるよ。それだけあれば魔力も回復するだろう。三日後にまずはその女のガキと、翼人のガキを殺す。翼人は魔王様の命令で本来は見つけ次第に皆殺しと言われているからな」

口が裂けたかのように牙を剝き出しにし、獰猛な笑みを浮かべるヴェルダロス。

「ガキ二匹を殺したら、お前たちも殺す――俺たち魔族から逃げおおせると思うなよ？生き延びたければ、猶予として与えた三日間で出来る限りの悪あがきをしてみせるんだな。せいぜい楽しませてくれよ？」

哄笑をあげつつ、ヴェルダロスは軽く地面を蹴った。

そして瞬時に姿が消える。

同時に辺りを包んでいた、息苦しさを覚える強烈な圧迫感が消え失せた。

だが、その場に残された冒険者たちは、誰一人としてしばらく動くことができなかった。

「俺たちだけじゃ無理だ。奴は……あの魔族は倒せない」

パチパチと爆ぜる焚火を見ながら、オールトは悔しさを滲ませてぼやいた。

滅ぼされた翼人の里。

昨夜、一夜を明かした翼人の里の泉へと戻った一行は、そこで戦いの傷と疲労を癒していた。

ローラの小屋に戻ろうにも、全員の消耗が激しかった。

折れた左腕に添え木をして、とりあえずの治療を施されたオールトが、悔しげな表情を浮かべて吐き捨てた。

「イリザさんの魔法でも、あのレティちゃんのとんでもない魔法でも、まるで応えた様子がなかった」

ポウラットがボソリとこぼせば、

「……あれほど強い魔族と出会ったのは初めてっす……」

ルイスもまた暗い瞳で焚火を見つめながら呟いた。

ルイスはヴェルダロスの最初の一撃で、何もできずに戦線を離脱してしまった。

勝てる、勝てないは別として、それがより悔しさを募らせるのだろう。倒れて身動き出来ない自分を、冒険者になったばかりの、まだ年端《としは》もいかないウィンたちが奮戦し、助けてくれたことに忸怩《じくじ》たる思いを抱いていた。

そのウィンはいま、イリザに膝枕をされた状態で眠っている。

砂礫によってできた切り傷には、イリザの魔力が枯渇しているため、傷薬を塗り、包帯を巻いていた。額の切り傷からの出血で包帯が赤く染まっているのが痛々しい。

その横たわったウィンに縋《すが》るようにして、レティもまた泣き疲れて眠っていた。

ここまでレティの魔法で空を飛んできたため、冒険者たちは帝都シムルグにも、ローラの家にも戻ることができないでいた。

ヴェルダロスは、姿を消す際に三日後に再び訪れて彼らを殺すと宣告している。

傷ついた身体を癒そうにも、援軍を依頼しようにも、ローラの家に戻り帝都へと行かねばならないのだが、ひとまずはレティが目を覚ますのを待ってから、空を飛んで戻るしか手立てがない。

「あれだけの実力を持った魔族が相手となると、俺たちはもちろん、並大抵の冒険者では奴を倒せないだろう。騎士団に救援を請うしか無いな」

「騎士団が動いてくれるかしら？」

オールトの言葉にイリザが疑問を呈する。

魔族は前線でも滅多に出現することはない。

理由は不明だが、学者たちの間では、もともと魔族は数が少なく、下手に戦力を分散させて神々や精霊、竜族によって各個撃破されてしまうのを恐れているのではないかという説が有力だった。だからこそ、本来圧倒的な実力差を持つ魔王軍を相手にして、人類側が防衛線を築くことができていた。

魔王軍の主力は魔物ばかりで、魔族は出てこない――ここ、十数年の間に生まれた人間側の常識だった。

「それでも、騎士団に訴えるしか無いだろう。俺たちが直接言っても無理だろうが、冒険者ギルドを通したら話も通るだろう」

「何にしても、レティちゃんが目を覚ましてからの話っすね」

ルイスがそう締めくくると、辺りを重い沈黙が支配する。

パキンッと薪の弾ける音が周囲に大きく響き、火の粉が高く舞い上がった。

第五章

ヴェルダロス

1

満身創痍《そうい》、疲労困憊《こんぱい》で冒険者たちが立ち去った、ゴブリンの巣があった場所。

ゴブリンの巣の洞《ほら》が存在した崖の上部に腰掛けたヴェルダロスは、身動きすること無く座っていた。

「戯れが過ぎるようですが、ヴェルダロス？」

その背後に声をかけてきたものがいる。

白髪混じりの初老の男。身に着けているのは燕尾服《えんびふく》。

森の奥、この場所には不似合いな格好。

しかし、その身に纏う気配はヴェルダロスと同じモノ。否――ヴェルダロスを上回る禍々《まがまが》しさを感じさせる。

この初老の男もまた魔族。

「あなたの役目は、翼人種の排除。こんな場所で遊んでいる余裕は無いはずですが？」

「……命じられたことは、やっているつもりだぜ？　あんたこそいいのかい？　戦場を離れて、こんな場所まで来て」

「戦いの趨勢《すうせい》はもう決まりましたのでね。次はこの国ですよ」

「精強な騎士団で名高いクイーンゼリアも、内部から蝕《むしば》まれちゃあ、滅亡を免れる術は無いか」

ククク、と含み笑いを漏らしながらヴェルダロスは立ち上がると、初老の男へと向き直り、跪《ひざまず》いた。

「それで、わざわざ俺の所にいらしたのは、どのようなご用件で？　ロード・ベリアル様」

「特に理由はありません。こちらに来た時、あなたの気配を感じたので立ち寄ったまでのことです」

魔王に次ぐ公爵の称号を戴《いただ》く高位魔族ベリアルは、ヴェルダロスの横を通り過ぎると、崖下へと降りた。

見渡せば、そこかしこに冒険者によって倒されたゴブリンたちの死体が転がっている。

ベリアルは右手の指をパチンッと鳴らす。すると、ゴブリンたちの死体が一瞬にして、塵となり、そこに赤黒い蠟燭の炎ぐらいの大きさの光球が生まれた。ベリアルが左手の手の平を上に向ける。そこへ全てのゴブリンの死体から生まれた光の玉が集まり、ベリアルの中へと吸収されていく。

「それでヴェルダロス。なぜあの人間どもに、三日もの猶予を与えたのです？」

それを黙って見ていたヴェルダロスが、音も立てずに崖上から飛び降りてきた。

「特に深い意味は無《ね》え……退屈だったから、少し遊んでやりたくなった。ただそれだけよ」

逃がした人間たちの中に、気になる魔力を持った子供がいたことは告げない。

《火球》の攻撃魔法の威力自体は、ヴェルダロスにとって問題が無い程度。せいぜい子犬に噛まれたくらいだ。しかし、漏れ出していた魔力は、伯爵級魔族であるヴェルダロスをして、無視できないと思わせる程のものだった。

(あれは俺様の獲物だ)

人間種からは有り得ない程の魔力量。

ごく希に、種族の限界を超えた力を持って生まれてくる者たちがいる。それを人類では天才と呼ぶ。そして彼らはいずれも後世に名を残す偉業を果たす。

その天才たちの中には、戦いでその才を発揮するものもいる。そんな彼らは歴史に名を残し、こう呼ばれるようになる。

すなわち――『英雄』。

ヴェルダロスは、あの人間の少女が『英雄』の卵ではないかと踏んでいる。そのことをこのベリアルが知れば、ヴェルダロスから少女を取り上げてしまうだろう。

人間の国の内部へと入り込み、長い時をかけてその国の内政を乱し、社会的秩序を崩壊させ、混乱を招くことがベリアルの得意とする所だ。

先のクイーンゼリア女王国もまた、女王に忠誠を誓う屈強な騎士団を誇る大国だったが、人間として潜り込んだベリアルによって内部崩壊を招いた。

騎士団に入り込み将軍にまで昇り詰めたベリアルは、魔物との戦いのため、援軍に訪れた対魔大陸同盟軍が、この機にクイーンゼリアへ侵攻を目論《もくろ》んでいると女王に吹き込み、一方では女王制に不満を持つ勢力を唆《そそのか》し内乱状態を作り上げた。

疑心暗鬼に陥ったクイーンゼリアは、何かと理由をつけて対魔大陸同盟軍への支援物資を送らず、やがて同盟軍は撤退を余儀なくされた。

内乱で騎士団の戦力を集中できないクイーンゼリアは敗戦が続き、戦況に気づいた時にはすでに国内はズタズタにされ、魔物の軍によって蹂躙《じゅうりん》と殺戮《さつりく》の嵐が吹き荒れている。

ベリアルはこのレムルシル帝国でも同様の手を使うだろう。その際に、あの小娘の存在を知れば、利用しようと考えるはずだ。

（そうはさせるか！　あれは俺の玩具だ）

しかし、ベリアルはヴェルダロスの上位者である。興味を持たれれば、ヴェルダロスが逆らうことは出来ない。

「あんただって、わざわざ人間の国の中に潜りこんで、掻き回してるじゃねえか。正面からやれば、いつでも皆殺しに出来るだろうによぉ」

「勘違いなさらないでください。私はより効率的に絶望を撒き散らせるよう、立ちまわっているだけです。享楽的《きょうらくてき》に動くあなたとは違います」

ベリアルの言葉にヴェルダロスは苛立たしげに舌打ちをする。

「もう、あらかたの翼人の里は潰してやった」

「ふむ、そうですね」

ベリアルは頷いた。

人類側で最も厄介な戦力となる翼人種は、魔王の復活と共に、このヴェルダロスが滅ぼしてきた。ヴェルダロスの言うとおり、もうほとんど翼人種は生き残っていないだろう。

「俺様の暇潰しと目的が重なり合えば、別に問題は無いんだよなあ？」

ヴェルダロスの野獣のような瞳が赤い光を放ち、凶悪に裂けた口が牙をむき出しにする。

「奴らには三日の猶予を与えてやった。あの人間どもは俺に敵《かな》わないと思い知ったはずだ。騎士団にでも援軍を求めるだろう。この国、レムルシルと言ったか？　俺様の存在が知れ渡れば、この国の連中は恐怖に陥るはずだ。どうだ？　『恐怖と憎悪、そして絶望で世界を満たせ』——魔王様の意向には添っているはずだぜ？　あんたの邪魔にもならないはずだ」

上位者であるベリアルに対して、挑戦的な態度。

しかし、そのヴェルダロスの態度にベリアルは愉快な気分を覚える。

「……良いでしょう。私の目的からしても、この国に不安が蔓延《まんえん》するのは望むところ。しかし、遊びすぎて、本来の目的をお忘れなきよう」

忠告を残してベリアルがすっとヴェルダロスの前から消え失せた。

魔族の目的——世界を負の感情で満たし、魔王の力へと変えて邪魔な女神を滅ぼし、エルフどもが守る世界樹を滅すること。

「ふん……翼人も人間も玩具なんだよ。強ぇ相手と遊べると思って翼人狩りをしていたが、もういねえしな……せいぜい楽しませてくれよ」


翼人の里の泉のそばで一夜を明かした一行は、レティの魔法で空を飛ぶと、ローラの小屋へと戻った。そして、すぐさまローラから馬を借りると、ポウラットが冒険者ギルドへと走った。まともに動ける者は彼しかいなかった。

満身創痍の状態で転がり込むようにして戻ってきた冒険者たちの姿に、ローラは驚きつつも、すぐに湯を沸かし、置き薬を取って来るとイリザと協力してひとまずの治療をしてくれた。

その様子をレティとイフェリーナが泣きそうな表情で見守っていた。

「ウィン君の怪我は大したことないわ。すぐに治るわよ」

幼い彼女たちには、同じ年頃のウィンが怪我を負っているのが怖かったらしい。

グスグスと泣きながら、心配そうに彼の周囲をウロウロしていた。

一方で、まともにヴェルダロスの攻撃を受けてしまったオールトとルイスの怪我は重傷だった。オールトの左腕は折れた骨が肉と皮を突き破り、ルイスは脇腹の骨を折ったようで、紫色に変色している。

イリザが魔力の限界まで治癒魔法を行使してくれたが、細かい外傷と出血を止めただけで、再びヴェルダロスが襲ってきた場合、戦力とはなりえない。

ポウラットの報せを受けた冒険者ギルドが、うまく騎士団を動かしてくれることを祈るしかなかった。

オールトが願った通り、冒険者ギルドは、ポウラットからの報せで敵が魔族と知り、すぐに騎士団へ救援を要請した。

だが、派遣されてきたのはまだ歳若い魔導師の男と、彼を指揮官とする騎士が五名のみだった。

「ちょっと！　相手はあの魔族なのよ？　たったこれだけの戦力でどうにかなると思っているの⁉」

この件を担当した冒険者ギルドの職員ルリアは激昂したものである。

ポウラットに案内されてきた応援部隊が、魔導師一人と騎士五名という一個小隊にも満たない戦力と知り、オールトは落胆した。

組織というものは大きくなれば大きくなる程、動きを取りづらいものだとわかってはいたのだが、それでもせめて一個小隊は送ってくれると思っていたのだ。

いや、一個小隊でも、あのヴェルダロスと名乗る魔族には勝てないだろう。

冒険者となる前、オールトたちは傭兵だった。

対魔大陸同盟軍に参加していた。

そこで聞いた噂によると、固有名を持つ魔族と出会った部隊は、例外なく壊滅している。

運良く生き残った者の話では、固有名を与えられている魔族はみな高位の魔族だという。

誰もが知る有名どころでは、公爵位を持つ魔王の側近――マジェス、ルーリー、ベリアル、ダンクンの四匹だろう。

国どころか大陸をも引き裂くとまで言われるこの四匹は、幸いにも戦場で名を聞くことがないが、彼らより一段下の侯爵級の魔族ですら国一つを滅ぼせるという。

あのヴェルダロスがどの階級にある魔族かはわからないが、これっぽっちの戦力で勝てるとは到底思えない。

「名付きの魔族だったとギルドには言ったんですが……」

顔に失望の色を浮かべたオールトを見て、ポウラットが誤解したのか慌てたように弁解を始めたので、苦笑して否定してやった。

「いや、お前さんはよくやってくれたよ。疲れているのに、悪かったな」

あからさまにホッとした表情を浮かべるポウラットに、休むように言いつける。

そこへフード付きの裾の長いローブを身にまとった魔導師の男が近づいてきた。

「ええっと、あなたがリーダーでしょうかね？」

声はまだ若い男のものだった。

オールトが、「そうだ」と頷くと、魔導師はフードを脱いで笑顔を浮かべて一礼した。

そして差し出した手は、オールトの左腕が包帯を巻いているのに気づき宙を彷徨う。

「ああ、右手は大丈夫だ。オールトだ。救援を感謝する」

「宮廷魔導師のレイモンドです。よろしく」

握手を交わす。

レイモンドの顔は、声から予想されたとおり若かった。年齢はイリザと同じくらいだろうか。その胸元には、レムルシル帝国が誇る宮廷魔導師団員の証、五芒星形が刻み込まれた金のペンダントが銀の鎖でぶら下がっている。

「ふむ……どうやらその左腕、骨が折れているみたいですが、動き回れる程度には痛みが抑えられているようですね。何かそういったお薬でも？」

「まあ……正直に言えば、痩せ我慢なんですがね。幸い、私の仲間に魔導師がいまして。魔法で多少痛みを抑えてもらっています」

「なるほど」

頷いたレイモンドは、オールトの身体越しに小屋の中を覗き込んだ。中では敷布の上に寝かされたルイスの骨折した脇腹に治癒魔法を唱えているイリザの姿がある。

レイモンドの視線に気づいたイリザが、治癒魔法を行使しながら軽く頭を下げた。

「なるほど。彼女があなたの仲間の魔導師ですか」

レイモンドは小さく舌打ちをすると、左手でバリバリと頭を掻いた。それからイリザを見た後に舌打ちをしたことを咎《とが》めるようなオールトの視線に気付き、慌てたように言う。

「ああ、失礼。舌打ちは私の癖でして、他意はありません。それよりも、よろしければ私にも怪我を見させて頂いてよろしいでしょうか？」

「ええ、構いませんが……」

「そちらの魔導師の女性には言い難いのですが、おそらく私のほうが治療のお役に立てるかと思います」

人の良さそうな顔に、少し困った表情を浮かべて言った。

レイモンドの言葉を聞いて、イリザが少しむっとした表情を浮かべたが、オールトは逆に言い難いことを率直に言ったレイモンドに好感を抱いた。

「それに、そのヴェルダロスという名前の魔族。奴が再びあなたがたを襲って来るのは、明日とのこと。でしたら、少しでも魔力は温存しておいた方がいい。魔導師は戦力になりますので」

「おい、イリザ」

「ええ、わかってるわ」

ルイスにかけていた治癒魔法を中断して立ち上がる。

「残念だけど、これ以上は私の力では痛みを和らげることしか出来ない。今は意地を張る時じゃないわ」

それでも悔しいのだろう。唇をきゅっと噛むと、イリザはレイモンドに頭を下げた。

「どうかお願いします」

「ええ、任せて下さい」

その気持ちが伝わったのか、レイモンドも神妙な顔付きで頷いた。

まずはルイスのそばにひざまずくと、紫色に変色している彼の脇腹を見てわずかに顔をしかめ、その部分に手をかざすとゆっくりと、それでいて力強い声で詠唱をする。

『我、請い願うは、万物の力よ、彼《か》の者に集いて癒せ！』

イリザの呪文とはわずかに違う詠唱。それでいて、彼女のものよりも遥かに強い治癒魔法がレイモンドの両手を包み込む。そしてそのままレイモンドは、輝きを放つ両手をルイスの脇腹へと押し付けた。

「うっ……って、あれ？　痛くないっす」

押し付けた一瞬、呻き声を上げたルイスだったが、覚悟した痛みがまるで襲ってくることがないのに気づいて、不思議そうな顔で折れている脇腹へと視線を落とす。

みるみるうちに紫色に変色していた部位が、健康な肌色へと戻っていく。

「おお……」

その様子をオールトとポウラットは目を丸くして見つめている。イリザもまた悔しげな表情を浮かべて、その様子を見守っていた。

やがて、レイモンドの両手を包んでいる輝きが消え失せ、

「よし、こんなものか。どうです？　痛みはありますか？」

「おおっ！　全然痛みが無いっすよ！　びっくりっすよ！」

起き上がったルイスが身体を横に捻る。

少しまだ違和感が残っているものの、痛みのようなものは感じられない。

「ありがとうございます！」

「いえいえ、良かったです」

礼を言うルイスに、照れたように頭を掻くレイモンド。

「さすが、宮廷魔導師ね……」

イリザが唸るように呟く。実力の差をまざまざと見せつけられた彼女は、それでも前向きに今見たレイモンドの治癒魔法の構成を頭の中で反芻《はんすう》し、自らの糧《かて》にしようとしていた。

魔導師は書物を紐解くだけで魔法を学ぶわけではない。見たこと、聞いたこと、全ての経験を糧として学んでいく。

どうやら宮廷魔導師の魔法はイリザにとって、得難い経験となりそうだった。

ペンと紙があればすぐにでも今見た魔法について書き出しそうなイリザを微笑ましそうに見たレイモンドは、次にオールトへ目を向けた。

「さあ、あなたの左腕も見せてください」

「ああ、頼む」

ルイスの時と同様、治癒魔法の呪文を詠唱したレイモンドの両手が光に包まれると、その輝きをオールトの左腕に押し付ける。

程なくして、オールトの左腕の骨もまた綺麗にくっついていた。

包帯を外して動かしてみると、新しく傷口を覆った皮が少し突っ張る感じはあったものの、痛みはない。

「助かったよ、礼を言う」

「相手は魔族という話ですから、少しでも戦力を整えないとなりませんので」

そう言って笑うと、レイモンドは立ち上がった。

「さて……うん？」

そのレイモンドの袖を引っ張る者がいる。目を落とすと、まだ十にも満たないであろう年頃の女の子が、泣きながら彼の袖を引っ張っていた。

「あのね、おにいぢゃんも、なおじで」

時折、ヒックとしゃくりあげながら、ルイスと同じように所々包帯を巻かれて眠っている少年を指差す。

「ああ、いや……」

レイモンドは迷った。

オールトとルイスに治癒魔法を使ったのは、何も善意からではない。オールトとルイスの二人は見るからに歴戦の戦士という出《い》で立《た》ち。修羅場《しゅらば》を掻い潜ってきた者特有の匂いを感じ取ったからだ。戦力になりそうであれば、傷を癒して戦列に加えたほうが良い。

そういった打算からだ。

若くして宮廷魔導師に列せられるレイモンドでも、骨折という重傷を完治までさせる治癒魔法は相当の魔力を使う。

しかも、強力な魔族との戦いは明日なのだ。

できれば無駄な魔力は使いたくない。

しかし、言外に女の子の頼みを断れなかったのは、彼女の身に着けている服が、明らかに平民の物とは思えない上等な品物だったから。それに、泣きじゃくってグシャグシャになっているものの、泣いていなければ、幼いながらも間違いなく気品を漂わせる整った顔立ちをしていたからだ。

宮廷魔導師という仕事柄、レイモンドは多くの高貴な身分にある人々とも付き合いがあった。

ちょうど、この国には彼女と歳が近い皇女もいる。

この泣いている女の子からは、その皇女や貴族の姫君に近い雰囲気を感じた。

何と言って男の子の治療を断ったものかと困っていたレイモンドが顔を上げると、彼の前にポウラットが立って頭を下げていた。

「俺からもお願いします。ウィンの奴にも治療魔法を掛けてやってください」

「いや、しかしですねえ……」

「おにいぢゃんもなおじでぇ……」

ビービー泣く女の子。

「こいつらもきっと戦力になります。ぜひ治療してやってください！」

困惑した表情でオールトに目を向けたレイモンドだったが、

「俺からもお願いします」

そこには真面目な顔で頭を下げるオールトがいた。

「俺たちが魔族から生きて逃げることが出来たのは、そこに寝ているウィンとその女の子のおかげなんです。こいつらはきっと役に立つ！」

「……どういうことです？」

ポウラットとオールトは、レイモンドに説明した。

ヴェルダロスによってオールトとルイスが倒されてしまい、イリザもまた魔力が尽きてしまった時、そこで眠っているウィンがポウラットの剣で反撃に出たこと。そして、身の軽さを利用した攻撃でヴェルダロスを翻弄し、その隙に泣いている女の子、レティが強力な攻撃魔法を使って、何とかその場は見逃してもらったこと。

「にわかには信じ難い話ですね……」

話を聞いたレイモンドは、小さく舌打ちを繰り返し、右手で顎を撫でた。

「こんな子供が……それにこんな幼い子が、それほど強力な魔法を使えるものなのか……」

レイモンドは魔導師だけあって、レティが強力な《火球》の魔法を使ったという話に興味を持ったようだった。

レイモンドの袖を引っ張りながら、しきりにぐしぐしと目元を擦《こす》っているレティに目を向ける。

「信じられないのは無理もありませんが、その子の魔法の才能は本物です。宮廷魔導師であるレイモンド様であれば、わかるはずです。彼女は私たち六名を、空を飛ばすことが出来る程の魔力を持っています」

イリザがレティの頭を撫でて言う。

「そしてまた、そこで寝ているウィン君の身のこなしも、歳相応のものじゃない。立派な冒険者としての実力があります。きっと戦力になると思いますわ」

「……わかりました」

レイモンドは頷いた。

「あなたがたが嘘をついた所で得することもありませんし、その子たちの実力が期待できるのは確かなのでしょう。その男の子も治療することにします」

「よろしいので？」

レイモンドの決定に、近くにいた騎士の一人が驚いたように言った。

「構いません。見たところ、骨折のような大きな怪我は無さそうですし、あの程度の打撲や切り傷であれば、明日に影響するほどの魔力は消費しません」

「あ、ありがどう……」

どうやらウィンを治してくれるらしい。そう知ったレティがレイモンドに礼を言う。

「どういたしまして」

幼い子供の心からのお礼をレイモンドも受け取るのだった。

「いいえ。私はこの子をもう一人ぼっちにするつもりはありません。危険なのは分かっていますけど、ここから逃げるつもりはありませんから」

「いや、しかしですねローラさん」

「魔族が来るっすよ？　俺たちとそこの翼人の子が狙われているっすよ。ローラさんも巻き込まれるっす！」

ポウラットとルイスの説得にも、ローラはイフェリーナを抱き締めながら、頑として首を縦に振らなかった。

どうやらイフェリーナに情が移ってしまったらしい。

家の前で押し問答をしている三人を眺めながら、オールトは魔法によって快癒したばかりの左腕の調子を確かめる。

「怪我をされていた腕は、問題無さそうですね」

オールトが振り返ると、再びフードを被ったレイモンドが立っていた。

「ええ、おかげさまで」

「それは良かった」

そう言うとレイモンドもまた、押し問答をしている三人の方へと目を向けた。

「どうも説得は失敗に終わったようですね」

「みたいですな」

ローラが胸を張り、ポウラットとルイスがすごすごと引き下がるのが見える。

「まあ、あれほど幼い子供でしたら、戦闘の邪魔にならないように面倒を見ていただけるだけでも助かりますけどね」

レイモンドが目を細めながら、「命の保証はできかねますがね」と笑う。

「そういえば、あんたには礼は言ったが、謝罪はしていなかったな」

「謝罪、ですか？」

突然のオールトの言葉に、戸惑った声を上げるレイモンド。その彼に向かって、オールトは小さく頭を下げた。

「申し訳ない。正直、意外でした。宮廷魔導師ってのは、もっと高慢ちきな態度の奴らばかりかと思っていました」

「ああ、そういうことですか」

レイモンドは小さく舌打ちをすると、快活に笑ってみせた。

「よく言われます。ですが、ここだけの話――」

レイモンドは声を潜めると、

「戦いに出される者はそう身分が高いわけではないので、あまり庶民と変わらないんです。もちろん例外もいますけどね」

「なるほど。ところで、そういうあんたはどっち側で？」

「それを言ってしまうと、せっかく格好をつけたのに、しまらないんじゃないですかねぇ？」

苦笑を浮かべてレイモンドはオールトを促し、畑の向こうに広がっている草原へと向かって歩き出した。

「ちなみに、私の家は子爵の位を賜《たまわ》っています。もっとも、こういった場所に出向く程度の家柄ですよ」

「……上の世界も大変ですな」

畑から草原に変わり、そこからさらに少し離れた場所。丘陵の頂きで、二人は眼下を見下ろした。そこから少し下った先に川が見え、その手前に五人の騎士が待機していた。

彼らは輪になって何やら話し込んでいたが、指揮官であるレイモンドがオールトを伴って姿を現すと、注目し敬礼した。

周囲の被害をなるべく抑えるべく、広大な草原地帯で魔族を迎え撃つ手筈だ。それだけでなく、丘陵の向こう側で戦えば、気休め程度かもしれないが、周囲への被害はさらに抑えることが出来るだろう。

オールトは少し迷ってから口を開いた。

「正直なところ、あんたはこの戦力で勝てると思っているのか？」

「……勝てる程度の相手であれば良いなと思っています」

率直なオールトの物言いにレイモンドも真面目な表情で答えた。

魔族は強さによって、魔王を頂点として公侯伯爵級の高位、子男爵級の中位、騎兵級の下位と、三段階の階位に分類される。

その中で固有名を名乗る魔族は、これまでのところ伯爵級以上しか確認されていない。

五百年ほど昔に公爵級の魔族が顕現した際には、当時隆盛を誇っていた一つの文明を一週間で滅ぼしたと言われている。

これまでのことを考えれば、ヴェルダロスと名乗った魔族は、最低でも伯爵級の魔族の可能性があった。

つまり、一個小隊にも満たない騎士では話にならない可能性が高い。

最低でも一個軍団、最悪、レムルシル帝国全軍を以てして初めて、勝ち目が出てくるかもしれない程の相手。

現在、魔物と人類の戦いにおける最前線は、レムルシル帝国の北東部に国境を接する、クイーンゼリア女王国だ。

彼の国は女王派と宰相派に大きく分裂し、さらにそれぞれの中で幾つもの勢力に分かれて権力争いを繰り広げるなど、大規模な内乱が起こっている。魔物の軍勢が迫る中、クイーンゼリア女王国は身内の権力争いで、自傷し続けている有り様だった。

エメルディア大神殿主導の対魔大陸同盟軍すらも、自国を侵略しようとしているのではないかとの疑心暗鬼で、碌な支援も行わず撤退を繰り返している。

クイーンゼリア女王国が陥落し、レムルシル帝国に魔物の軍勢が迫るのは時間の問題だった。

だが、その状況に危機感を覚えていたのは、帝国北東部の国境付近に住む者たちと、最前線で戦う帝国の軍人だけだ。

最前線から遠く離れた帝都シムルグに座する、帝国の中枢部の人間たちは、魔物との戦争を、いまだどこか遠い世界の出来事と考えていると言っていい。帝国は戦火に包まれておらず、対魔大陸同盟軍の要請に応じて騎士団と兵士、支援物資を送ったことで全ての対処は終わったと考えているのだ。

「――とまあ、上はこういう考えですからね。魔族は最前線でも滅多に遭遇することがないため、あなたがたの報告を誤報である可能性が高いと判断しています。また、冒険者ギルドからの報告にあった『ヴェルダロスという固有名を持つ魔族である』という情報よりも、『コボルトを大きくした人型の魔族』という情報を重視したようです。名付きの魔族は伯爵級以上の高位魔族ですから、それほどの存在が現れるとは思えないと考えたのも無理は無いかもしれません」

レイモンドは舌打ちをすると、

「前例にないことは起こり得ないとでも考えているんです」

肩をすくめてせた。

「……大して戦力にはなれないかもしれませんが、俺たちに降りかかった火の粉のようなもんです。俺たちもできる限り戦いたいと思います」

「期待しています」

オールトの言葉にレイモンドは頷くと、二人は地平線の彼方、沈みゆく夕日を見つめる。

2

あめが　ふったら　あおい　おそらに　おっきな　にじが　でたよ
あめが　ふったら　あおい　おそらに　おっきな　にじが　でたよ

草原を渡る風に乗って、レティの歌声が広がっていく。

そらに　のぼった　おひさまが　やさしく　みんなを　みてるよ
しろい　ふわふわ　くもさんも　にっこり　わらったよ

丘陵の頂きで目を閉じて小さな身体をゆらゆらとさせながら、幼くも綺麗に整った顔に微笑みを浮かべて歌う女の子。
座っているレティの横ではイフェリーナが興味津々《しんしん》の顔で彼女の歌を聞いている。

やさしい　かぜに　ふかれて　とんだ　たんぽぽさんは

にじの　はしを　めざして　おそらを　とんでいく

名付き、つまり高確率で伯爵級以上の魔族を圧倒的少人数で迎え撃たねばならない騎士たちも、まるで緊張感を感じさせないレティの歌が聞こえてきた時には、さすがに苦笑を浮かべたものだ。

これから戦場となるピリピリとした雰囲気が漂うこの場所に、まるで似つかわしくない歌が聞こえてくるのだ。緊張感を損なうこと大である。しかし、めいめい戦いの準備をしつつも、誰も彼女の歌を咎めることはしなかった。

どこまでもひろがる　そうげんを　ふわりとびこえて
どこまでもたかく　おそらを　と～んでいく～

舌っ足らずだったが、小鳥のさえずりのようにレティの声はよく届く。

騎士たちの中には、作業の手を休めて彼女の歌声に聴き惚れる者もいた。

「綺麗な歌ですね」

手を休めた者の一人はレイモンドだ。

指揮官にして魔導師の彼は、今この場で最も忙しい人物だった。戦況を少しでも有利に運ぶための魔法陣に、ヴェルダロスが目標と公言しているイフェリーナを守るための結界の準備。イフェリーナを守るための結界は、ヴェルダロスから守るためのものではない。ヴェルダロスと騎士たちが戦う際の影響から守るためのものだ。

レイモンドはイフェリーナもこの場に同行させることにした。ヴェルダロスが彼女を翼人への餌として利用していた以上、彼女の居場所を知る何らかの方法を持っている可能性がある。そうなると、安易に彼女を帝都へ避難させるわけにもいかない。

イフェリーナを追ってヴェルダロスが帝都に出現する恐れがあるからだ。

上層部は冒険者ギルドの報告を大げさなものとして処理していたが、レイモンドは冒険者たちの報告を信じている。オールトたちと実際に接して、彼らが見誤ることは無いだろうとの確信も得た。それだけに、イフェリーナを帝都に避難させ、帝都を危険にさらす訳にはいかない。残酷なことだが、レイモンドたちと共にこの場にいて貰う必要があった。

それにローラの小屋で震えていようと、戦いの影響はそこにまで及ぶ可能性もある。小屋のある場所が丘陵の陰に隠れていようと、伯爵級以上の魔族の力とはそういうものだ。

ローラに至っては別に付き合う必要はない。むしろ、彼女は帝都に避難してくれても何も問題はないのだが、彼女はイフェリーナに付き添うことを頑として譲らなかった。

子供たちだけを残して逃げることに、後ろめたさを覚えたのかもしれない。イフェリーナに情が移ったのかもしれない。しかし、ローラがいてくれることでイフェリーナの扱いが随分楽になったことは確かだ。

戦闘中、結界の中にいるイフェリーナの面倒をローラに見ていてもらえれば、戦いに集中することが出来る。

レイモンドは、歌うレティの横に座り、彼女の歌に合わせてパタパタと翼を動かしているイフェリーナを見て口元を緩めた。

「なんとも、長閑《のどか》な光景ですな」

騎士の一人がレイモンドに話しかけてきた。彼も、レイモンドと同じく作業の手を止めて歌に聴き入っていた一人だ。

「うちの子と同じくらいですか。それだけになおさら、魔族に狙われていることに同情を覚えます」

「そうですね」

レイモンドも頷く。

子供の歌声は平和な日常の象徴の一つ。レイモンドはそう思っていた。

レムルシル帝国はいまだ魔物との戦いにおいて最前線ではない。しかし、最前線となるのも時間の問題だった。隣国クイーンゼリアの敗色は濃厚で、騎士団上層部も、宮廷魔導師団も、帝国は遅くとも二年後には戦火に包まれるだろうと予測している。

そうなった時、はたして子供たちは歌を歌っていられるだろうか。戦争が始まれば、最初に犠牲となるのは老人や子供といった、弱い者たちなのだ。もしこの戦いを生き延びることが出来たとしても、この帝国に戦火が押し寄せてきた時、あのレティという女の子は歌を歌い続けることが出来るだろうか。

（そういえばあの子はいったい何者なんですかね……）

レティがこの場にいるのは、イフェリーナと同様、彼女もヴェルダロスに狙われているからだ。どこかに避難させるわけにもいかない。

そして、それとは別に単純に戦力になるかもしれないという期待もあった。魔導師であるイリザから聞いた話から推測すると、レティの潜在的な魔力は宮廷魔導師にも匹敵する可能性がある。あてには出来ないが、わずかでも戦力の向上が望めるのならば、利用しない手は無い。

だがそれだけに彼女の素性が気になる。

宮廷魔導師にも匹敵する潜在的な魔力、そして幼くも気品ある顔立ち、服装、どれも平民には似つかわしくない。

名のある貴族の令嬢なのではないかと思えるのだが、だとすると冒険者の真似事をしているのも妙であり、また彼女の身辺を警護する者がいないのもおかしい。

冒険者たちに聞いても彼女の素性は知れず、彼女と最も親しいウィンも知らない様子だった。

部下にレイモンドと同じく貴族階級出身の騎士が三名いたので、社交界でレティの姿を見かけた者、噂を聞いた者がいないかと聞いたが、三人とも心当たりがなかった。

何とも不思議な少女だった。

（彼女ほどの器量があれば、噂程度にはなるでしょうに。本当に何者なんでしょうかねぇ）

レティの正体に興味はあったものの、今はまず魔族の迎撃準備が先だ。レイモンドはレティの素性の詮索は後回しにして、魔法陣を強化する作業に没頭した。


ウィンは、歌っているレティとイフェリーナから少し離れた場所で、短剣を振っていた。

この短剣はオールトの予備武器。木剣しか持たないウィンに貸し与えてくれたものだ。

まだ背丈の低いウィンには、短剣の長さと重さは丁度良い具合だった。

一振りごとに何度も握りを確かめながら振っていた。普段使い慣れている木剣と短剣では、重心も違えば間合いも変わってくる。ヴェルダロスが訪れる刻限までに、少しでも違和感を無くさなければならない。

ウィンは丘陵を少し下って、周囲に誰も居ない所へ移動した。

そこで静かに目を閉じて集中する。

脳裏に思い描くのは、ヴェルダロスの体格と動作。

短剣の間合いは先の戦いで使用したポウラットの剣よりも短い。刃を届かせようと思えば、より深く相手の間合いに踏み込まなければならない。

再びウィンは剣を振るった。

今度は握りと間合いを確かめるための素振《すぶ》りではなく、明確にヴェルダロスをイメージして、繰り出されてくる攻撃を想定し、掻い潜り、間合いへ飛び込む。そしてすぐに離脱。

その様子を先輩冒険者たちが眺めている。

「筋がいいな。あいつはどこまで強くなるんだろうな」

オールトとルイス、そしてポウラットの三人は、戦いへの準備をいち早く終えていた。冒険者の中で唯一魔導師であるイリザは、レイモンドと騎士団の準備を手伝っている。魔法の心得を持たない男どもは、武器と防具の手入れを行えば、後はすることがない。せいぜいウィンと同様にヴェルダロスをイメージして戦いに備えるだけだ。

手持ち無沙汰になってしまった彼らは、ウィンが剣を振るうのを眺めていた。

「おにいちゃん、いつもああしてるんだよ」

歌うのを止めて、冒険者たちと同じようにウィンを見つめていたレティが言った。

「レティとくんれんしたあと、いつもああしてひとりでふってるの。おとなのひととたたかってるんだって」

ウィンはレティとの模擬戦闘を終えた後、短い時間だったが、自分よりも体格に勝る相手を想定して剣を振っていたらしい。普段から戦う相手をイメージする習慣ができているのだ。

「ウィンとレティちゃんは、誰に剣を教わったんだい？」

「レティはおにいちゃんだよ！」

ポウラットの質問に、レティがくりくりとした目で嬉しそうに言う。

「へぇ……レティちゃんはウィンから教えてもらったのか。それでウィンの奴は？」

「しらないよ？　いつもレティといっしょだったよ」

「そういえば、魔法もウィンから教わったのか？」

「うん。おにいちゃんとね、ごほんをよんでおぼえたの」

「ふーん」

ポウラットとレティの会話を聞きながら、オールトとルイスの二人も感心したように頷いた。

「あいつは冒険者として名を残すかもな」

「おにいちゃん、ぼうけんしゃにはならないよ」

オールトがポツリと漏らした感想にレティは反論した。

「おにいちゃんはね、きしになるんだよ。わるものをやっつける、きしになるの」

レティはポウラットの陰に隠れるようにして、オールトを睨みつけている。どうやら、ポウラットには慣れてきたものの、いまだオールトたちには慣れていないらしい。

「そうか。ウィンの奴は騎士になるのか」

騎士となって悪い竜をやっつけて、囚われのお姫様を救うのは、子供向けの本でも、吟遊詩人が歌う詩でもよく取り上げられる題材。男の子であれば誰もが一度は、この物語に登場する騎士のようになりたいと夢見るだろう。

幼い子供ならではの、他愛ない夢。

だが、何となく大人たちはウィンを見ながら思っていた。

――あいつなら実現しそうだ。

お姫様役はこのレティが務めることになるのかもしれない。

そんなことを彼らは思っていたのだ。


夕焼けに空が赤く染まっていた。

予告された三日目の夜が訪れようとしている。

そして日が沈み、夕闇が濃くなる黄昏《たそがれ》の刻《とき》――。

最初に異変を感じたのはレティだった。彼女は暇を持て余して花を摘んで遊んでいたのだが、ふと冷たい空気のようなものが漂ってくることに気が付いたのだ。

花に落としていた視線を上げて、周囲を見回す。

周囲を照らすために、大きな火が焚かれていた。

大人たちは焚火のそばで、それぞれの武器の感触を確かめたり、戦術について最終確認を行っている。騎士たちが二人、松明を持って警戒のため周囲を回っていた。

誰もが魔族ヴェニルダロスとの戦いを前に緊張し、顔が強張っている。

そして、誰もレティが感じた違和感に気づいていない。

焚火から放射される熱は、レティの顔を熱くしている。季節的にも寒くなく、過ごしやすい時期なのだが、レティは寒さを覚えた。

レティの中で不安が高まってくる。

どこからこの感覚が漂ってくるのか。

レティは視線を巡らし、そして皆が集まっている焚火周辺から少し離れた場所から漂ってくることに気付いた。

遠くに見える山と、その手前にある森の輪郭が、わずかに揺らいで見えた。

「おにいちゃん……」

レティはそばで目を閉じて集中していたウィンにしがみついた。

「どうしたの、レティ？」

しかし、レティがウィンの問いに答えるよりも早く、冒険者たちのほうが先に気がついた。

「あそこを見ろ！」

オールトが鋭い声で皆に注意する。

ウィンにしがみついたまま、レティが見つめている方向。まるで墨を流しこむがごとく、夜の闇が濃くなっていく。

前の戦いの経験から、オールトはレティの人並み外れた鋭敏な感覚に気づいていた。

今回も周囲を警戒しながら、彼女の様子を窺っていたのだ。

先ほどまで無邪気な様子で遊んでいたレティの顔がふと強張った時点で、オールトは彼女に向ける注意を強めた。そして、彼女が見つけた異変に気づいたのだ。

「ローラさんとイフェリーナは私が作った結界の中に入って。戦いが終わって、我々の誰かが良いというまでそこから決して出ないように。冒険者のみなさんは手筈通りに、私たちの援護をお願いします」

レイモンドが矢継ぎ早に指示を出していく。

レイモンドの指示に頷いたローラは、焚火のそばから立ち上がると、イフェリーナの手を握って、離れた場所に用意された魔法陣の中に入る。

二人が魔法陣の中に入ったことを確認したレイモンドが、魔法陣を起動させた。

炎の熱気や、爆発によって飛んでくる砂礫を防ぐための防御障壁を展開する結界の魔法陣。

この中にいれば、戦いで発生した衝撃程度であれば、まず安全を確保できる。

物々しい雰囲気に怯えるイフェリーナを、ローラが固く抱きしめた。

騎士たちは剣を抜き、集中した。剣が淡く青白い光を放ち始める。

特殊な呪文が刻み込まれた騎士剣は、持ち主が魔力を流すことで切れ味を増す。対魔族用にも使える騎士団の主要な武器だ。

レイモンドもまたローラたちを守る結界の魔法陣を起動し終えると、急いで焚火のそばにこしらえた魔法の効果を増幅させる魔法陣の中に陣取った。いつでも魔法を詠唱できるよう態勢を整えている。同じようにイリザも魔法陣の中で魔法をいつでも唱えられるよう集中していた。その周囲をオールト、ルイス、ポウラットの三人が固めている。彼らは魔導師の身を守ることが役割だ。

ウィンとレティはローラたちのいる結界のそばで待機している。

そして、戦うための態勢が整い終わったちょうどその時――。

「……なんだぁ？　たったのこれっぽっちなのかよ」

そううそぶきながら、一際《ひときわ》濃くなった闇からにじみ出したかのように、犬頭の魔族ヴェルダロスが姿を現した。


二メートルを軽く超えた巨体。

丸太のごとく太い棍棒を持ち、肩に担いでいる。

盛り上がった筋肉。

鋭利な牙が見える口。

獰猛に光る目。

凄まじい威圧感。

そして何よりも、その身に纏わりつく赤黒い靄《もや》――瘴気《しょうき》。

「明らかにコボルトや妖魔なんかじゃないぞ、こいつ」

「魔族だ……間違いない」

「くそ！　上がきちんと報告書を読まないから！」

最も前でヴェルダロスと対峙《たいじ》している騎士たちの悲鳴混じりの呻き声が、彼らの後方に陣取っているウィンたちにも聞こえてきた。

「見くびられたもんだぜ。おい、お前ら？　これが生き延びるための戦いだってこと、本当にわかってるのか？　今日は容赦なく殺すぜ？」

立ち塞がる騎士たちをまるで無視して、その背後で身構える、先日死を宣告した冒険者たちを睥睨した。

先日よりも強く殺気のこもった視線が、冒険者たちに強烈な圧迫感を与える。

ヴェルダロスと冒険者たちの間に挟まれている騎士たちも、魔族から放出される猛烈な殺気に息苦しさを覚え喘いだ。

一瞬にして極寒《ごっかん》の地に放り出されたような感覚。冷たい戦慄が走る。

「くそ……こ、これは……」

（……正面から殺気を受けると、ここまで凄まじいのか……）

新調した鉄の盾を目の前にかざして、オールトはその殺気から身をかばう。そして目だけ動かして背後にいるレティを見た。

レティはウィンの背後に隠れるようにして縮こまっている。

（……あの時もこれだけの殺気を、正面からまともに受けていたのか）

オールトはこの幼い少女の精神力に感心する。

気の弱い者であれば、この圧迫感で意識を失ってしまいそうだった。

「ぐぅ……」

戦争のために厳しい訓練を積んでいる騎士たち、傭兵として対魔大陸同盟軍にも参加した歴戦の冒険者であるオールトたちでも、息苦しさを覚える圧迫感を感じているのに、大した精神力である。

イフェリーナを胸に抱きしめているローラもまた、ヴェルダロスに背を向けて必死にこの殺気に耐えている。胸の中にいる幼いイフェリーナの存在が、彼女の精神を支えているのだろう。

しかし——。

誰もが圧倒されていた。

ヴェルダロスが放つ底知れない殺気に、騎士たちでさえも身動きを取ることができずにいた。

ヴェルダロスが一歩足を踏み出すと、それだけで強烈な圧迫感が押し寄せてくる。思わず後ろへ下がりたくなってしまう。

頭では戦わなければならないと理解していたが、身体がそれを拒否する。明確な死の気配から逃げ出そうとしてしまう。

幾多の戦いを経験し、訓練を積み、死の恐怖を克服した騎士たちも、熟練の冒険者たちも、等しく威圧されていた。

唯一人を除いて——。

冒険者たちの視界の隅で、影が動く。

ローラとイフェリーナが身を隠す結界の傍、ウィンが一歩前へと歩み出ると、短剣をさやから抜き放ってヴェルダロスへと突きつけた。

「――お前なんか……お前なんかに！　絶対に負けないんだからな！」

レティを背後に庇うようにしながら、顔を真っ赤にして叫ぶ。歯を食いしばり、押し寄せる殺気を振り払うように、剣を横一文字に一閃した。

その叫びが一同をヴェルダロスの呪縛から解き放つ。

「――そうだ！　敵は想定通りの魔族！　対魔戦闘用意！　総員、抜剣せよ！　手はず通りで行くぞ！」

指揮官であるレイモンドが叫ぶ。

『我に力を！』

騎士たちが一斉に魔法を詠唱。その身体が白光に包まれた。

『我、氷雪の理を識りて、楔《くさび》と成さん！』

さらに騎士の一人が呪文を詠唱。ヴェルダロスの足元が輝くと、その輝きとともに生まれた冷気が一瞬で凍結。ヴェルダロスの両足を凍りつかせて動きを止めた。

その魔法に遅れるようにして、呪文を詠唱していた別の騎士が、剣を地面へ突き刺した。剣を起点にした光がヴェルダロスの手前まで迸ると三方向に分裂、予め描いておいた三つの魔法陣へと光が走る。そして魔法陣が輝くと同時に、そこから生まれた砂礫で出来た槍が、ヴェルダロスの胴体部へと伸びる。

鋼鉄の板をも貫く、砂礫の槍。その錐《きり》のごとく鋭く尖った先端は、人間であれば手応えもなく串刺しにするだろう。

「オラァッ！」

だが、ヴェルダロスが今日も右手に持っている巨大な棍棒を振り回すと、魔法で生み出された砂礫の槍は粉々に砕け散った。

棍棒を振り回すと同時に、ヴェルダロスの足元を縫い止めていた氷も砕け散る。

棍棒から生まれた暴風が、砂礫の槍の土砂を巻き上げ、一瞬ヴェルダロスの姿を隠す。

そこへ魔法を詠唱していなかった騎士三名が突っ込んだ。

魔力を込められた騎士の振るう長剣の銀光が、土埃を瞬時に切り裂いた。

「――手応えが無い⁉」

「おら、こっちだ！」

上空へと跳んでその攻撃を逃れたヴェルダロスが、正面から斬りかかってきた騎士へと棍棒を振り下ろす。

盾と棍棒が衝突、鈍い衝撃音。

「防いだ！」

ポウラットが思わず叫んだ。

騎士はとっさに盾を頭上へとかざすと、両足に力を込めて踏ん張り、オールトの左腕を砕いたヴェルダロスの棍棒を見事に受けきってみせた。

攻撃を弾かれた形となったヴェルダロスは、棍棒と盾の衝突で生まれた反動を利用して、大きく後方へと跳躍した。着地と同時に再び攻撃を仕掛けようと体勢を前傾にしたところで、戦闘開始の指示を出して以後、ずっと呪文を詠唱していたレイモンドが指で印を切ると同時に力ある言葉を叫んだ。

『――鋼の閃き、虚空を斬り裂く千刃と成せ！』

レイモンドの足元に描かれた魔法陣が、輝きを増す。同時にヴェルダロスの周囲に無数の剣が生み出され、襲いかかった。

反射的に全身を丸めるようにして、防御の姿勢を取るヴェルダロス。

周囲に生まれた無数の鋼の煌《きらめ》きが千刃の嵐となって、ヴェルダロスを切り刻んでゆく。

そこへ五人の騎士たちが唱えた火箭が一斉に着弾し、その巨体を猛火が包みこんだ。

「すげえ……」

最初に気勢を上げた後、固唾を呑んで戦いを見守るウィンの耳に、冒険者の誰かがこぼした呟きが届いた。

ウィンの背後から恐る恐る覗き込むレティも、口を半開きにして戦闘を見つめている。

（強い！　凄い！　かっこいい！）

前の戦いで見た冒険者たちに勝るとも劣らない連携攻撃。

ウィンは興奮してその戦いを見つめていた。

ウィンの憧れている騎士たちが、目の前で凄まじい戦いを繰り広げている。

胸が躍った。

どんな英雄譚に出てくる騎士たちよりも、その戦闘描写よりも、多彩な攻撃に胸が躍る。

ヴェルダロスが、身を包む猛火を棍棒で振り払い姿を現したところに、レイモンドが今度は膨大な量の水流を放った。

「おらあ！」

ヴェルダロスが棍棒を水流に叩きつける。飛び散る水しぶき。

そこにイリザが呪文を詠唱。水しぶきが氷の礫《つぶて》となって、ヴェルダロスに降り注ぐ。

小さな氷の礫は棍棒で防ぐことは出来ない。

しかしヴェルダロスは降り注ぐ氷の礫を無視すると、前進して魔導師に攻撃を仕掛けようとする。だが、その前方に回り込んだ騎士たちが盾をかざし、ヴェルダロスが振り下ろした巨大な棍棒を受け止め弾き返してみせた。

「強い！　やっぱり騎士は強いよ！」

夢に見ていたとおりに強さを発揮してみせる騎士たちの姿に、ウィンは興奮していた。

自分の背後に隠れているレティに向かって、はしゃいだ声で話しかける。

「やっぱり、騎士はかっこいいよ！　僕もあんな騎士になりたい！」

炎が、風が、氷が、岩で出来た槍が、次々と生成されてヴェルダロスに叩き込まれる。

その魔法の継ぎ目を埋めるように、騎士たちの魔力の輝きを宿した鋼の刃が縦横無尽に闇の中で閃いた。剣を振るために間合いを詰めた騎士たちをヴェルダロスが攻撃しようとすれば、騎士たちはさっと離れて、そこへ再びレイモンドの、そしてイリザの攻撃魔法が撃ち込まれる。ヴェルダロスに攻撃の隙を与えない、常に先手を取り続ける連続攻撃。

圧倒的に優勢な戦況。

レイモンドとイリザの周囲に陣取っている冒険者たちにも、勝てるという希望に満ちた表情が浮かんでいた。

しかし――。

「……でも、おにいちゃん。あのいぬさん。どんどんこわくて、いやなかんじがおおきくなってるよ？」

食い入る様に見つめるウィンへ、レティが小さな声で囁いた。

「え？」

ウィンが聞き返した時、それまで次々と撃ち込まれる魔法を、棍棒で迎撃しようと振り回していたヴェルダロスが身動きを止めた。

『我、風の理を識りて、生み出さん。天神の戦斧、終《つい》の一撃！』

レイモンドが作り出した竜巻がヴェルダロスを足止めする。そこに狙い過《あやま》たず、準備していた魔法陣で威力を増強したイリザの無数の《炎弾》が着弾した。

竜巻が一瞬で炎の渦と化し、再びヴェルダロスの全身を包み込む。これまでで一番の激しい炎の勢いに、さすがの騎士たちも近づいて剣を振ることは出来ない。その場で立ち止まった騎士たちは、すぐにイリザと同じ《炎弾》の魔法を矢継ぎ早に叩き込んだ。

ヴェルダロスを包み込む炎の渦は、天をも焦がさんと燃え盛る柱となって、一同へ猛烈な熱気を吹き付けた。

人の身であれば骨すらも残らず灰となるだろう。

しかし、レイモンドとイリザ、そして騎士たちは途切れること無く《炎弾》の魔法を撃ち込み続ける。

轟音とともに、更に炎の柱が太くなり、天高く渦巻いていく。

だが、幾度目かの《炎弾》が着弾し、爆炎を噴き上げたその時。

「う、うわ……」

騎士の一人が悲鳴を上げた。

燃え盛る炎の柱の中から、避ける間もなくヌッと伸びたヴェルダロスの左腕が、正面にいた騎士の頭を鷲摑みにしたのだ。

引き締まった筋肉、更には鉄の鎧を身に着けた重量のある騎士の身体が、軽々と足が地面から離れるくらいまで持ち上げられる。

「ま、待て!」

咄嗟にレイモンドが声を上げた。

仲間を巻き込むのを恐れて、攻撃魔法の嵐が一瞬止まった。

そして――。

ドスッという鈍い音とともに、頭を鷲摑みにされていた騎士の胸をヴェルダロスの右手が貫いた。

ビクンッと小さく震えると、騎士の四肢から力が抜ける。ヴェルダロスが右腕を大きく振るった。だらりとぶら下がっていた騎士の身体が放物線を描いて飛んで行く。そして地面を二転、三転した。

ヴェルダロスの右腕は、犠牲となった哀れな騎士の血で濡れている。

その右腕の爪の先から滴る鮮血をヴェルダロスはひと舐めすると、最も近くにいた騎士へギロリと獰猛な視線を向けた。

目の前で起きた惨劇に戦慄を覚え、硬直していた騎士は、それでも一瞬で我に返ると、即座に大きく後方へと跳躍して、この恐るべき魔族から距離を取ろうとする。

肉体強化の魔法によって、格段に身体能力を向上させている騎士の跳躍力。その動きは至近距離で見たら、あたかも目の前から消え失せたように見えるだろう。

しかし、ヴェルダロスは騎士の動きに軽々とついていく。一瞬にして騎士に追いつくと、

「おっせぇな！」

嘲笑とともに回し蹴り。

頭へと蹴りを叩きこまれた騎士の首から、ボギョッという鈍い音がした。

そのまま騎士の身体は蹴りだされた方角へと吹き飛ぶと、糸が切れた操り人形のごとく力なく地面に転がった。

「おいおいおい、もっと楽しませろよ」

騎士たちからあれだけの攻撃を受けたにもかかわらず、その艶やかな黒い毛皮には傷ひとつ刻まれていない。

ヴェルダロスが乱ぐい歯を剝き出しにして哄笑を上げた。

「……イリザ。俺たちの武器にも付与魔法を」

震える声でオールトがイリザへと囁くような声で指示を出した。

騎士たちの攻撃力は、オールトたちのそれを遥かに上回る。その攻撃が通用していなかった以上、オールトたちの攻撃もヴェルダロスには通用しないだろう。

立ち向かった所で、なぶり殺しにされるだけだ。

しかし、逃げるという選択肢はなかった。

ヴェルダロスが見逃してくれるとは、到底思えないからだ。逃げ切ることも不可能だろう。


ならばせめて悪あがきだけでもするつもりだった。

勝てる確率は万が一にも満たないかもしれない。

奇跡を引き起こすよりも小さなものかもしれない。

それでも、ただ何もしないまま殺されるよりはいい。

ぐっと武器を握り締める。

ドンッという爆発音とともに、また一人騎士が殺された。

胴体を綺麗に吹き飛ばされ、手足と首だけが四方に散らばって吹き飛んだ。

逃れられぬ死の予感。

青褪めた顔で、それでもイリザが必死に支援魔法を唱え始めた。武器に魔力を付与する魔法。騎士剣のように呪文が刻み込まれず、魔力を通す事ができないオールトたちでも、この魔力が付与された武器であれば、わずかでもヴェルダロスにダメージを与えることが出来る。

せめてもの一撃。

たった一撃だけでも当てるつもりで攻撃する。

その時、

「う、うあああああああ！」

冒険者たちの横をすり抜けるようにして、小さな人影がヴェルダロスへと突進する。

短剣を両手でしっかりと握り締め、ウィンが疾走していた。

3

「お、おい！ ウィン！」

ポウラットが慌てて呼び止めようとする。しかし、ウィンは突進する速度を緩めない。

ウィンの目の前で、憧れていた騎士たちが、ヴェルダロスによって虫けらのごとく殺されていた。

それはウィンにとって認めたくない光景。

悪しき存在をくじき、弱き存在を助けるはずの騎士がまるでボロ屑のように叩きのめされていく。

気が付くとウィンは走りだしていた。

「なんだ!?」

ヴェルダロスによって繰り広げられる惨劇の光景に、打つ手も思い浮かばずただ怯んでいたレイモンドが、自分の横をすり抜けていったウィンに気付き、はっと我に返った。

ウィンは唯の短剣でヴェルダロスに攻撃をしかけようとしている。

「くそ！　魔族は普通の剣じゃ倒せないぞ――『刃よ、我に従え！　我、剣の理を識りて、刃に現す！』」

レイモンドがウィンの短剣に魔力を付与した。

「この間のガキか！　騎士どもの次に死にたいのは、てめえか？　遊んでやってもいいが、少しは粘ってみせろよ!?」

また一人、騎士の頭を拾い上げた棍棒で叩き潰したヴェルダロスが、鬨《とき》の声を上げて突っ込んでくるウィンへと向き直り、凄絶な笑みを浮かべた。

「あまり効果は長持ちはしませんが、無いよりは！　『我、魔の理を識りて、汝に命ず！　我が力！　此方に宿りて、力を示せ！』」

レイモンドの更なる付与魔法。瞬間――ウィンの走る速度が数段速くなった。

ヴェルダロスに到達する直前で加速した事が、ヴェルダロスの意表をつき、ウィンは見事にヴェルダロスの間合いへと潜り込む。下段から剣を斜め上方に向けて斬り上げる。

ウィンの刃がヴェルダロスの胸を切り裂いた。

更に振り切った刃を引き戻し、突き出すが、その攻撃は半身になったヴェルダロスに躱されてしまう。

「ガキにしてはなかなかの腕だ！　それに良い根性と度胸もある！　しかし残念なことに、運だけは無かったようだ。この俺様と出会わなければ、良い剣士になれたものを！」

そううそぶきながら、振り下ろすようにして殴りかかるヴェルダロスの拳。ウィンは前に戦った時と同様、小さな体軀を生かして、その下を掻い潜るようにして躱した。そしてしゃがみこみざまに横一線、足を狙って斬撃を放つ。だがその攻撃はヴェルダロスに読まれ、後方へと飛び退かれた。

大きくその場を飛び退いたヴェルダロスは、口から赤黒い光弾を次々と撃ちだした。

高速で迫る無数の光弾。

ウィンは後方へとジグザグに飛びながら避けていく。

外れた光弾は、地面を深く抉っている。もしも一つでも光弾が着弾すれば、ウィンの身体を軽々と貫いてしまうだろう。

「くそ、俺たちも援護するぞ」

イリザの付与魔法で光を放つ片手斧を携えてオールトが走る。

「あの肉体強化の魔法、俺らにも掛けられないっすか!?」

「掛けられないこともないのですが、持続時間は短いですし、効果も薄い！」

「だが、ウィンの奴はものすごい効果が出てるっすよ！」

「ええ、私も驚いています。あれだけの効果が出たのは、私も初めての経験ですよ！　どうしてあれだけ効果が出ているのかはわかりませんが、どういう理由にしろあの魔法の効果はそれほど長い時間は持続しません！」

「くそっ！　あの速い動きをどうにかして捉えるぞ！」

レイモンドによる《肉体強化魔法》の影響下にあるウィンの動きは、常人のそれより遥かに速い。ウィンとヴェルダロスが高速で接近しては切り結び、離れ、そしてまたすぐに接近して互いに攻撃を繰り出していく。

援護をしようにも手を出しかねて、オールトたちは歯噛みをせざるを得ない。

「あれじゃ、攻撃魔法を打ち込む隙もないわ！」

イリザもまた、先程から攻撃魔法による援護射撃を加えようとしていたが、なかなかタイミングを計ることが出来ずにいた。

「持続時間が短くてもいいから、俺にウィンに掛けた魔法を掛けてくれ」

「わかりました。ですが、あれほどの効果が出るかは保証できませんよ！」

そう言うと、レイモンドも魔法を唱えるために集中を開始した。

「ああ、うぜぇ！　ちょこまかとっ！」

ヴェルダロスは吠えると、再び口から次々と光弾を撃ちだした。

いつの間にか、ヴェルダロスの攻撃速度が上がってきていた。

意外に手こずっていることに、明らかにイラついているようだった。

肉体が大きい分、攻撃後の隙も大きく、体軀が小さく魔法によって素早さを増しているウィンに攻撃が当たらない。

ウィンはヴェルダロスを決して深追いしようとしない。間合いに潜り込んでは一撃を繰り出すと、すぐにヴェルダロスの間合いから出てしまう。先程からヴェルダロスも魔力を凝縮した光弾を放っているのだが、ウィンは小刻みに左右へステップすることで的を絞らせなかった。それどころか、至近に光弾が着弾して爆風が発生すると、その爆風すらも利用して、空へと舞い上がった。

爆風の相乗効果でヴェルダロスの予測よりも早く間合いを詰めたウィンが、ヴェルダロスの巨体、左肩を目掛けて短剣を振り下ろす。

「ダメです――攻撃は当たっているのに、私の付与した魔力が弱すぎて！」

レイモンドの悲鳴のような声。

ヴェルダロスは赤黒い光を纏った左腕で、ウィンの全身全霊の一撃を受け止めていた。

赤黒い光にウィンが振るった短剣の刃は遮られて、その肉体へまるで届いていない。

大きく腕を振り払われ、ウィンが吹っ飛ぶ。

空中で何とか体勢を立て直して着地。

そこへ、ヴェルダロスが襲い掛かる。

右手に持った棍棒が、左の拳が、蹴りが、弾幕のように繰り出される。

一撃でも攻撃をもらうわけにはいかないウィンは、後退しながら必死で避ける。

「ぐおおお！」

そこに鉄の盾をかざしたオールトが割って入った。

ヴェルダロスの繰り出した棍棒が、オールトの鉄の盾と衝突する。

レイモンドが掛けてくれた《肉体強化魔法》のおかげか、以前とは違い今度は左腕も砕かれることは無かった。しかし、それでも身体が横に流れてしまう。

そこへ気合の声を上げて、ルイスの槍とポウラットの剣が突き出された。

ヴェルダロスの身体を傷つけることは無かったが、ヴェルダロスは一度後方へと退く。

その間にウィンが体勢を立てなおしていた。

「いけない……もう強化の効果が……」

ウィンの身体を覆っている魔力の白光が、少しずつ薄れてきている。効果が切れかけているのだ。

ヴェルダロスが哄笑を上げながら、ウィンに飛びかかった。ウィンの動きは先程よりも遅くなっている。レイモンドの使った付与魔法の効果が、少しずつ弱くなっているのだ。

ヴェルダロスの攻撃に対応が間に合わず、掠めるようになった。

右頬に、左腕に、右太腿に、ヴェルダロスの攻撃でできた裂傷から血が滴り落ちる。

徐々にウィンが押され始め、守勢に回る時間が増えてきた。致命的な一撃こそもらってはいないものの、防戦一方となっていた。

ヴェルダロスの蹴りがウィンの左脇腹を捉えかける。それをウィンは剣を縦に構え、左手を剣の腹に当てて力負けしないように防御してみせた。

直撃は免れたものの、ウィンの軽い身体は軽々と宙へ浮き上がり、丘の中腹近くまで吹っ飛んだ。

効果が弱まってきているとはいえ、魔力付与によってウィンの身体能力が向上していなければ、地面に叩きつけられて死んでいたかもしれない。それでも、吹き飛ばされた衝撃は大きく、ウィンはすぐに立ち上がることが出来なかった。

「強化魔法を掛け直すとかできないんですか!?」

「一度掛けた魔法は効果が切れるか、私よりも強い魔力を持った人にしか上書きできないのですよ！」

ポウラットの怒鳴るような声に、レイモンドも叫び返す。

そして《肉体強化魔法》の効果が切れた瞬間、ヴェルダロスの攻撃はウィンを捉えてしまうだろう。

「くそ！　何とか援護するぞ！」

オールトがルイスとポウラットに叫んだ。

付与魔法をかけてもらったルイスが、ウィンとヴェルダロスの直線上に割り込むと、手に持った槍を鋭く前へと突き出す。ようやく立ち上がったばかりのウィンに追撃をかけようとしていたヴェルダロスは、右手で槍を打ち払った。乾いた音を立てて木製の槍の柄が砕け破片が飛ぶ。そこへ、オールトが駆け込むと、右手に持った斧を大きく振るった。

唸りを上げて振るわれる斧。

前に戦った時とは違う、レイモンドによって魔力の与えられた斧の刃。オールトの膂力《りょりょく》で振るわれた斧の破壊力は、騎士たちの剣よりも遥かに威力がある。

紙一重で攻撃は躱されてしまったが、その迫力にヴェルダロスの足が止まった。

「ハハハ、いいな、いいなあ！　楽しませてくれるぜ！」

面白そうに残った人間たちを見回すヴェルダロス。

丘の中腹まで吹っ飛んだウィンもその隙に立ち上がる。槍の柄を叩き折られたルイスは、近くに落ちていた騎士の剣を構えた。

オールトとルイスは幾多の戦場で培ってきた経験を総動員し、磨いてきた勘でヴェルダロスの動きを先読みする。ウィンとポウラットという経験の浅い二人の動きをフォローしつつ、四人がかりでヴェルダロスに斬り込んでいく。

しかし、それでもヴェルダロスに対して有効な一撃を加える事が出来ない。

逆にヴェルダロスの一撃は、即致命傷となりかねないため、体力、精神力ともに消耗が激しかった。少しずつではあるが、全員がヴェルダロスから繰り出される攻撃で傷を負っていた。

ポウラットは頭から血を流し、オールトの盾を持つ左腕は、度重なる衝撃ですでに感覚がない。おそらくは内出血で青黒く変色し、パンパンに腫れ上がっているはずだ。ルイスが拾った剣も、すでに剣先が欠けてしまっている。

誰もが必死だった。

死力を尽くした戦い。

それでも、ヴェルダロスを捉えることが出来ない。

「いいぜ、あがけ、あがけ！　お前らは俺様の玩具だ。玩具なんだよ！　俺様を楽しませるためのな！」

「クソォッ！」

その言葉を聞いたポウラットが吶喊《とっかん》する。

背後から剣でその胸を貫こうと、体当りする勢いでヴェルダロスに突っ込んで行った。

「よせ！」

ヴェルダロスの獰猛な瞳が輝き、右腕に持った棍棒が振り回され――。

とっさに割り込んだオールトの盾とぶつかった。

「――っ！」

声を出すことも出来ず、吹き飛ばされたオールトはポウラットと激突し、もつれるように地面に転がった。飛び込んだところを殴り飛ばされたため、踏ん張ることができなかった。

大地に叩きつけられて、肺の中の空気を一気に吐き出した。

全身を強く打って、オールトもポウラットも立ち上がれない。

「はーはっはっは！」

ヴェルダロスの笑い声が草原に響き渡る。

その時、この死の気配が色濃く漂う戦場には場違いな歌が聞こえ——。

「なんだ」

それまで愉快そうに笑い声を上げていたヴェルダロスが、歌声を耳にすると同時に、笑いを止めた。

歌声とともに、ヴェルダロスですら看過できない膨大な魔力が収斂《しゅうれん》していくのを感じ取ったのだ。

「あのガキか！」

「おにいちゃんが、まけるはずなんてないっ！」

ヴェルダロスの視線の先、空に幾重もの魔法陣が連なっている。その魔法陣の下、光に照らされてレティが立っていた。

震えているイフェリーナをただ抱き締めて、ローラは戦いの趨勢を見守っていることしかできなかった。

優勢に見えていた騎士たちが、あっという間に殺されていく。それでもローラは腕の中の小さな命、その温もりを見捨てて逃げる気にはなれなかった。

殺されるかもしれないという恐怖はある。しかし、流行病《はやりやまい》で愛する夫と息子を亡くしているローラにとって、死はあまり絶望を与えるものではなかったのかもしれない。

だからこそ、もう一人の少女——レティの異変に気づくことが出来た。

ウィンが飛び出して行くまでのレティは、騎士たちの戦いを恐る恐る眺めていただけだった。そして騎士たちが無残にも殺されていった時には、ローラはその光景が見えないようイフェリーナの目を塞ぎ、そして自身も目を背けたように、レティもまた怯えたように目を閉じていた。

しかし今は、何かに魅入られたかのようにウィンとヴェルダロスの戦いを見つめている。観察するがごとく、その戦いを余すことなくその目に焼き付けるように。

オールトやルイス、ポウラットにヴェルダロスの攻撃が掠り、血が飛び散っても目を逸らすこと無く、無表情に見つめ続けている。

(恐怖でおかしくなっちゃった?)

ローラがそう思ったのも無理は無い。

「レティちゃん?　大丈夫?」

ローラが声を掛けても、レティはまるで反応を見せない。

それはローラが初めて冒険者たちと出会ったあの夜、ウィンが一人で鶏小屋の様子を見に行き、小屋にレティが取り残された時と同じ。あの時もレティは、ローラやポウラットの呼びかけに応えること無く、まるで人形にでもなったかのように無反応となった。

いま、レティの見せている態度はあの時のものに似ているように感じられた。いや、あの時と少し違うのは、戦いを凄まじい集中力で見つめ続けているところか。

やがて、レティの小さな唇から声が漏れ始める。

鳥の囀《さえず》りを思わせるような、小さな、小さな、か細く、それでいて透き通ったような美しい歌声。

恐怖のあまり錯乱してしまったのか？　そう思いローラは結界の中から、レティを抱き締めようと手を伸ばす。

その瞬間――。

彼女を中心として、風が巻き起こった。

突如吹き付けて来た風にローラは手で目を覆った。それでも何とか目を細めて、レティを見た。

レティの周囲に浮かび上がる、複雑な紋様が描かれた幾つもの光の円。

ローラは知らなかったが、魔法陣だ。

「……ぃちゃんが……」

「え？」

歌が途切れレティが小さく呟く。

その呟きは風でほとんどかき消されてしまい、ローラの耳にはほとんど聞こえない。

「おにいちゃんが、まけるはずなんてないっ！」

今度は聞こえた。

今までただ怯えているだけだったとは思えないレティの絶叫。

レティにとって、『最強』とは騎士ではない。

物語に出てくる『英雄』でもない。

レティにとって『最強』であるべきはウィン・バード、ただ一人。

彼女にとって、最愛にして唯一の人物。

大切なお兄ちゃんだけである。

レティは思い出す。

戦いが始まる前、ウィンがイメージしていたヴェルダロスとの戦いの風景を。

そしてウィンがイメージする最適な動きを。

騎士たちの《肉体強化魔法》の再現——あれはしかし、術者本人が強化される魔法。レイモンドが使ってみせた付与魔法よりも効果は大きかったが、他人へと掛けるものではない。

　それなら、レイモンドの付与魔法を騎士たちが使った魔法並みに効果を強化すればいい。

　レティは小さな頭で、少ない知識と経験を総動員して魔法を構成していく。

　レティの周囲に幾つもの魔法陣が生まれ、そして消えていく、
　イリザが驚愕した無尽蔵とも思える魔力で力ずくで魔法を構成し、最適な効果を感覚に頼って探していた。

　それは魔法に関しての知識が少しでもある者であれば、目を剝き、神に呪いの言葉を吐いたかもしれないほどのもの。常識を覆す、天賦の才という安っぽい言葉では片付けられない絶技。

　そしてレティが無理矢理構成した《肉体強化魔法》は、離れた場所で戦いを繰り広げているウィンへと届けと言わんばかりの力強い――『おにいちゃんが、まけるはずなんてないっ！』――絶叫とともに完成した。

　ウィンの身体が、眩しいまでの輝きに包まれる。

「私の魔法を上書きした⁉」

　レイモンドが驚愕の声を上げる。

「あのガキか！」

　ヴェルダロスも気がついた。

　幾重にも魔法陣を展開するレティに向かって光弾を放とうと手を無造作に向けたが、人

間の娘から溢れだす底知れない魔力量にヴェルダロスの意識が逸れた。

「やっつけちゃえ！」

レティの叫び。

ウィンの持つ剣がより強烈な閃光を放つ。

疲労が蓄積し、徐々に動きが鈍ってきたウィンが、それまで以上に爆発的に加速。ヴェルダロスとの間合いを一瞬で詰めると、レティを攻撃しようと無防備に突き出したヴェルダロスの腕へと光の刃を振り下ろし——あっさりと切断した。

「ギュアアアアアアアアアア！」

騎士たちの魔力が込められた剣に幾度斬りつけられても、渾身の魔力が込められた攻撃魔法を撃ち込まれても、何ら痛痒を感じていなかったヴェルダロスが、身の毛もよだつような悲鳴を上げた。

切り落とされた腕が塵と化して霧散する。

「グギギギ……」

灼熱に燃える炎を連想させる目で腕を切り落としたウィンを睨《ね》めつける。

「があああああああ！」

怒りに任せて、ヴェルダロスが口から光弾を放った。

しかし、射線上にいたウィンの姿は一瞬で掻き消える。

何とか起き上がろうともがいているオールトたちはもちろん、少し離れた場所にいるレイモンドやイリザですら目で追えない。

目標を失ったヴェルダロスの光弾は、丘陵を貫通して吹き飛ばした。そしてそのまま、草原を抉るようにして飛んでいき、その先の森へと着弾。直後、爆発と轟音が轟く。巨大な茸を思わせる雲が立ち昇る。

あの光弾が帝都の方角へ飛んでいたら――。

一同はゾッとする。

先ほどまで連射していたものとは違う、都市一つを軽く破壊できる光弾。

ヴェルダロスの真の力。

むやみやたらに撃ち込まれては敵わないと思ってか、ウィンもその威力を警戒して、接近戦を挑む。

ヴェルダロスの真の力にもだが、驚くべきは自身の爆発的な身体能力の上昇にすぐに順応してみせたウィンの勘の良さ。

惑うこと無くヴェルダロスとの間合いを摑み、高速の戦闘を繰り広げている。

ウィンの振るう短剣が横一線に閃き、続けて流麗な動きで上段から振り下ろされる。

ヴェルダロスも今度は受け止めようとしない。

右手に持っていた棍棒を手放すと、大地を蹴ってウィンに襲いかかる。ヴェルダロスが踏み込んだ場所には、放射状のひび割れが生まれていた。長剣の刃のごとく鋭い爪でウィンの短剣を切り裂こうとする。その一撃は余波だけで大気を切り裂く。しかし、レティの膨大な魔力によって光の刃と化しているウィンの持つ短剣は、研ぎ澄まされ鋼も切り裂くヴェルダロスの爪であろうと、刃こぼれ一つすることなく受け止めてみせる。

赤黒い光を放つ瘴気を帯びた魔力を残った右手に纏うと、ウィンの光刃と幾合も打ち合った。

互いの魔力がぶつかり合い、威力を相殺する。

大気が振動した。

瘴気と光刃がぶつかり合うごとに、ウィンの短剣の光が明滅する。ヴェルダロスの瘴気が、短剣の魔力を一撃毎に削り取っているのだ。しかし、レティが注ぎ込む魔力はまさしく無尽蔵。すぐに短剣が強烈な輝きを放ち、ヴェルダロスを襲ってくる。

「くっそ！　なんなんだ、あのガキは！」

ついにヴェルダロスの口から、呻き声が漏れた。

レティという人間の小娘から垂れ流されている魔力は規格外。すでに遊ぶことをやめ、全力を出しているヴェルダロスに対して、このウィンという子供が互角以上の戦いを繰り広げていられるのは、レティの魔力によって強化されているからだと気づいていた。

ヴェルダロスは、人類に対して初めて脅威を感じていた。

レティがウィンに行使し続けている魔法は、無駄が多い構成だった。レティの持つ魔力のほとんどが魔法に変換されず、周囲にただ漏れ出している。それなのに、ヴェルダロスと互角の戦いを繰り広げることができているのだ。

つまり、彼女が成長し正確な魔法構成の仕方を覚え、膨大な魔力を使いこなせるようになれば――。

(魔王様にも匹敵する!?)

しかし、レティに攻撃を仕掛けようにも、ウィンがその隙を与えてくれない。

レティに攻撃を仕掛けるために人外の速度で間合いを取ろうとするヴェルダロスを、今度はウィンが常識を外れた速度で追撃する。距離を取らせてもらえない。

夜の闇を白と赤の光が奔《はし》る。

「クソが！　ならこいつはどうだ！」

ウィンが間合いを取るために離れた瞬間を狙って、ヴェルダロスは前方に右手を突き出した。

「うぐっ……」

再びヴェルダロスに向けて正面から突進していたウィンが、弾けるように後方へと吹っ飛ぶ。ヴェルダロスが生み出したのは空気の塊。それを砲弾のように撃ち出したのだ。

目に見えない空気の砲弾に、ウィンは避けることも出来ず直撃して後方へと吹き飛び、地面を二転、三転する。草原ゆえに地面に叩きつけられた際の衝撃は多少は和らげられたものの、すぐに立ち上がることは出来ない。

「くぅ……」

呻き声を上げながら、何とか立ち上がろうともがく。しかし、さすがにすぐには四肢に力が入らない。

「っら！」

地面に這いつくばるウィンをヴェルダロスが蹴り上げる。

身体がくの字に折り曲がり飛ばされるウィン。

「死ねっ！」

吹っ飛んだウィンを追うようにして走ったヴェルダロスが、ウィンの身体を貫こうと大きく手を振り上げ――。

(何だ!?)

ほんの一瞬、ヴェルダロスは背後から強烈な圧迫感を感じ、意識が逸れた。

ウィンとヴェルダロスを結ぶ線上の、丁度真後ろの死角にいるのはレティ。先程から目の前に転がっている少年に、人の身としてはありえない程の魔力を送り続けている少女だった。

その彼女を死角に入れていたことに気付いたヴェルダロスは、その時初めてゾッとする感覚を覚えた。

魔王より産み出されて幾星霜《いくせいそう》――。

自らよりも高位の魔族、そして敵である神々、精霊、竜族と相対した時にも感じたことのない感情。

すなわち、恐怖。

ヴェルダロスの巨大な手であれば、簡単に縊《くび》り殺《ころ》すことが出来そうなほど、小さく幼い人間の少女。ヴェルダロスに対して、何がしかの攻撃を仕掛けているわけではない。ただ、魔力を少年に送り続けているだけだ。

しかし、なまじレティに意識を向けてしまい、そのまま彼女に背を向けたことでようやく、ある信じ難い事実にヴェルダロスは気づいたのだ。

魔王に匹敵する力の持ち主――つまり、ヴェルダロスを滅ぼしうる力を持った存在に、隙を見せてしまっていたことに。

全身の毛が逆立つ。

初めて味わう恐怖に、ヴェルダロスは一瞬ウィンのことを忘れてしまう。

そしてその一瞬だけでウィンには十分だった。

震える足を踏みしめ、大地を蹴って跳躍。右手に握りしめた短剣で、後方を気にしているヴェルダロスの左目を斬りつけた。

「ぐっ……があ！」

苦痛で振り回されたヴェルダロスの腕によって、ウィンは再び大地へと叩き落とされる。

「もう遊ぶのは止めだあ！　殺してやる！」

怒りの咆哮と共にヴェルダロスは体勢を低くすると、ウィンの足元を目掛けて回し蹴りを放った。

ウィンはそれを後ろへ飛び退いて避ける。

そして回し蹴りを放つことで、低い位置へと下がったヴェルダロスの顔面へ向けて、高速の突きを放とうと大地を蹴って跳躍。と同時にヴェルダロスの口に赤黒い光が収束した。

――誘い込まれた！

回し蹴りを放ち姿勢を低くしたのは、無防備にも見える頭頂部へウィンの攻撃を誘うため。

いかに身体能力が上がっていても、空中では避けることもできない。

ヴェルダロスの右目が凶悪な輝きを増す。

とっさにウィンは剣を突き出すようにして投げつけた――超高速で飛んだ光刃はヴェルダロスの生み出した赤光に接触。魔力がぶつかり合い、爆発する。

当然、至近距離での爆発はウィンをも襲う――こともなく、柔らかい羽毛を思わせる光がウィンを優しく包み込み、爆発の衝撃を和らげていた。

ウィンをジッと見つめ続けていたレティが、ウィンが戦闘を開始して以来、初めて視線を外して後ろを振り向いた。

純白の翼を広げて、イフェリーナがローラの前で、赤い瞳を輝かせて立っていた。

銀色の髪を風になびかせながら、伸ばした右手をただ真っ直ぐにウィンの方へと向けている。

魔法を行使するのに、呪文の詠唱を必要としない。優れた術者ともなれば、風だけでなく天候すらも、呼吸するがごとく己の意思のまま自由自在に操ってみせる、風の精霊の守護を受けた半神半人の種族――翼人イフェリーナの風の防御魔法。

レティにはそこまではわからなかったが、イフェリーナが何かをしてウィンを守ってくれたことだけはわかった。

同年齢くらいの翼人の女の子に向けて、にぱっと笑みを向けた後、再びウィンへと視線を向けた。

レティの視線の先で――彼女にとって、どこまでも強く、気高く、この世で最も信頼する少年が、爆発によって空高く飛ばされ地面へと落ちてきた剣を空中で掴むと、爆発によって頭部を吹き飛ばされ、棒立ちとなっているヴェルダロスの胴を横一文字に断ち切った。

砂粒が風で舞い散るように、ヴェルダロスの巨体が空間へ溶け消えていく。剣を振り切った体勢のままその様子を見つめていたウィンは、ヴェルダロスだった塵が完全に消滅したのを確認してから、全身の力を抜いた。

肺から絞りだすように、ふぅっと大きく息を吐きだすと、尻もちをつくようにして地面に座り込んだ。同時にウィンの身体を包み込んでいた光が、ゆっくりと薄れていく。やがて完全に光が消えた。

「お兄ちゃん！」

その背中に走って来たレティが飛びついた。

「おわっ……痛っ、レティ痛い！」

背中からのしかかられ、ウィンはレティの勢いを受け止めきれず、そのまま二人はもつれるようにしてゴロゴロと草原を転がっていく。

「何てこった……」

転がる子供たちを見ながら、オールトが溜息混じりに口を開いた。

4

「完全にあの子たちに持って行かれたっす……」

「全くです……やれやれ、なんて報告したものか」

ローブの裾を払いながら、レイモンドも溜息をこぼす。

ウィンとヴェルダロスの一騎打ち。

騎士たちの高度な連携の応酬による戦いから始まり、ウィンとヴェルダロスのまるで舞踊を思わせる戦い。

熟練の冒険者たちですら、手を出しあぐねるほどの戦いだった。

下手に手を出すと逆にウィンの足手まとい、邪魔にしかならない超高速戦闘。余人が入る隙もなく——いや、介入することができたのはレティとイフェリーナというこれまた子供たちだけだ。情けないことに、大人たちはただその様子を見続けるほかなかった。

まだ固く握りしめていた斧を地面に放り投げると、オールトはガシガシと頭を掻きながら、ウィンとレティが転がっている場所へと歩み寄った。

オールトが近づいて来る気配に気がついたウィンが、笑いながら抱きついているレティを宥《なだ》めながら上半身を起こした。

オールトは暗い空を見上げ、何か迷うような素振りを見せていたが、やおらウィンの頭に拳を落とした。

「……っ！」

「一人で突っ走りやがって……冒険者は命あっての物種だぞ。臆病なくらいがちょうどいいんだ」

頭を押さえるウィン。

それを横で見ていたレティが息を呑む。そしてすぐにレティはウィンを庇うように立ち上がると両手を広げる。少し涙目になってオールトの顔を睨みつけた。そして口を開きかけて言葉に詰まった。

オールトが笑顔を浮かべていた。

ウィンの頭をワシワシと乱暴に撫でる。

「よくやったな、ウィン」

「エヘヘ」

殴られた場所をさすりながらウィンも笑顔を浮かべる。

殴られたウィンが笑っているのを見て、レティが不思議そうな表情になる。

そしてウィンはゆっくりと仰向けに倒れた。身体の下敷きになっている草が冷たく感じられる。戦闘で激しく動き火照《ほて》っていた身体には非常に心地よい。

身体を横にすると同時に、耐え難い疲労感を覚えてウィンはそのまま意識を手放した。

「お兄ちゃん!?」

目を閉じたまま動かなくなったウィンを見て、レティが慌ててウィンの身体を揺さぶろうとする。しかし、いつの間にか歩み寄ってきていたポウラットがその手を摑んだ。

「大丈夫だ、レティちゃん。ウィンの奴は寝てるだけだよ」

その言葉にレティはポウラットの顔を見上げた。それからウィンへ視線を戻し、小首を傾げて考えこんでから、コクリと小さく頷いた。そのままウィンの横にペタンと座り込み、彼の顔を覗きこんだのだった。

目を開けた時、ウィンは草の上ではなく柔らかい毛皮の敷布に横たわり、毛布を掛けられていた。

「あ、あれ？」

一瞬、自分がどこにいるのかわからず、目をパチパチとさせてから周囲を見回す。そして自分が仕事でローラの家に来ていたことを思い出した。

部屋の中央にある囲炉裏には薪がくべられ、火の粉を上げて燃えている。

ふと横を見ると、レティがウィンにぴったりとくっついて眠っていた。起きた時に少し暑いように感じたのは、レティがくっついていたためだったらしい。寝汗をかいていた。

「おっと、起きたか？」

「ポウラットさん？」

「痛むところはないか？　急に倒れたから、レティちゃんが心配してたぞ？　まあ、俺は大丈夫だと思ってたけど、打ちどころが悪くて後になって冷たくなっていたという話はよく聞くからな。何かおかしなとこがあったら言えよ」

「うん、ちょっと身体のあっちこっちが痛いけど、大丈夫みたい。ところで、どうして僕はここで寝てるんだろう。それにみんなは？」

「みんなは後始末の手伝いをしているよ。ローラさんも今までいたんだけど、そこにお湯を持って行ったとこだ」

「後始末……って、あ！　そういえば、あの犬の変なのはっ⁉」

「落ち着け、大丈夫だ。お前がきっちりと倒したよ」

ポウラットは、囲炉裏に掛けてあった鉄製の鍋に張られたお湯の中から、浸けてあった陶製の壺を取る。そして、木杯に中身を注ぐとウィンに差し出した。

「飲めよ、温まるぜ」

温められた山羊のミルクだった。

ウィンは上体だけ起こすと、火傷をしないように恐る恐る口をつけた。啜るようにしてミルクを飲む。

「レティちゃんも、さっきまで起きてたんだぜ？　レティちゃんも疲れているだろうから寝ろって何度か言ったんだが、ずっとお前の傍を離れずに起きてたんだ。でも、何だかすごい魔法を使っていたし、疲れたんだろうなあ。ついさっき眠っちまった。よく頑張ってたよ」

「そっか」

ウィンはミルクを飲んで、腹の底から温まったことで人心地がついた。

そしてヴェルダロスと戦った時の事が、ようやく思い出されてきた。

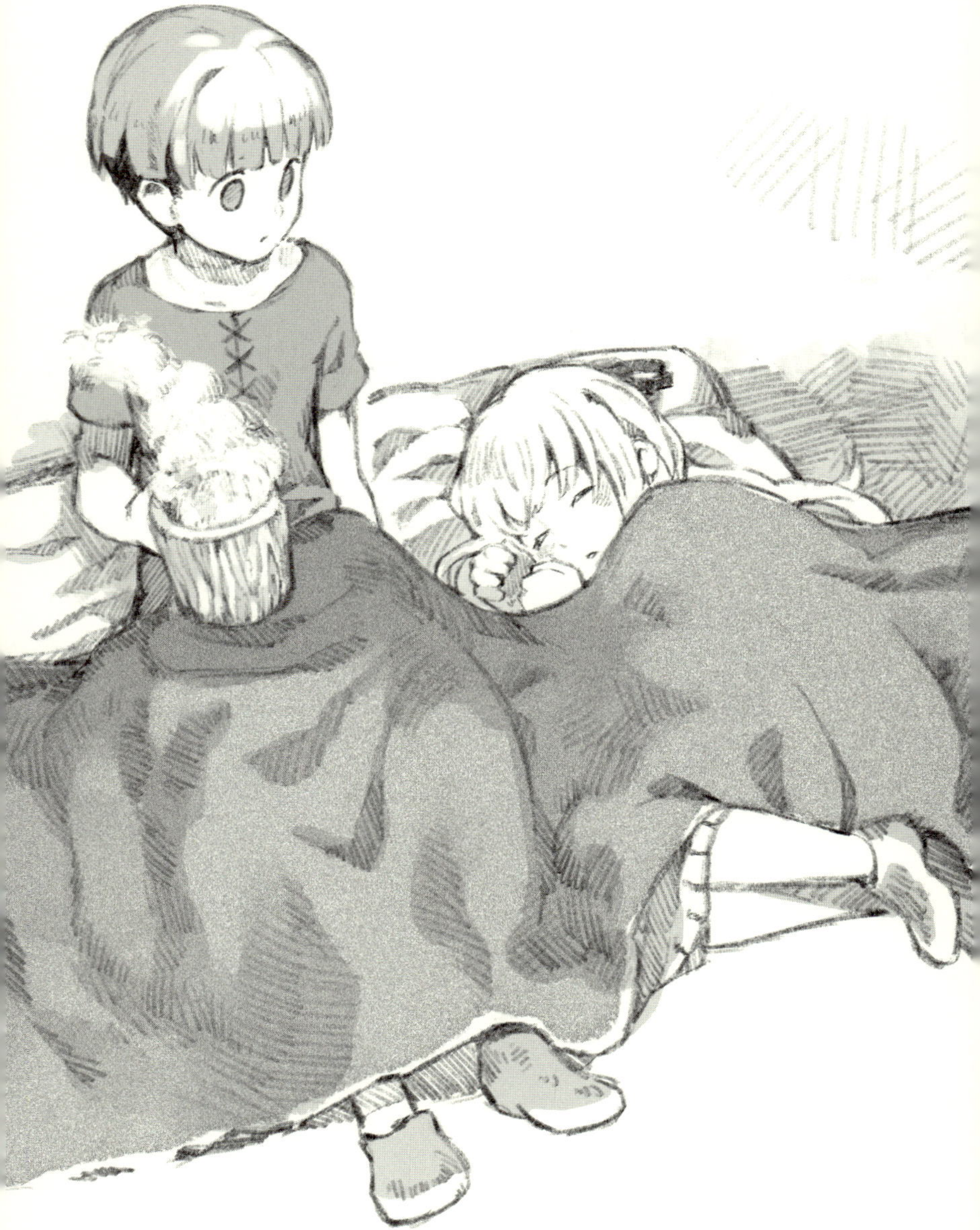

身体が軽かった。

繰り出される攻撃が見えた。

今までは見えていても躱せないと思えた攻撃を簡単に躱すことができた。

握りしめている剣が、羽のように驚くほど軽かった。

一歩踏み込むごとに、身体が爆発的に加速していった。遠い間合いを、一瞬で詰めることができた。

身体を、剣を、意のままに操ることができた。

(レティのおかげなのかな?)

起こさないようにレティの頭を撫でてやると、

「……ん」

小さくレティが身じろぎをする。

「あ、あの……」

その時、家の入口の方から小さな声が聞こえた。

イフェリーナが顔だけ出して家の中を覗きこんでいた。ウィンと目が合うと、彼女は慌てて視線を彷徨わせた。そして何かを言おうとしては止め、しばらくもじもじとしていたが、やがて意を決したように真っ直ぐにウィンとポウラットを見詰めて口を開いた。

「本当にありがとう」

「おう」

「良かったね」

ポウラットが照れくさそうに片手をイフェリーナに上げて見せ、ウィンはニコッと笑って見せた。

イフェリーナも笑顔を返す。

それは、村を襲われてから半年ぶりに見せた笑顔だった。

ようやく借りていた寝床から立ち上がったウィンに、イフェリーナがトコトコと近づいて行く。

「もうすっかり日も昇ったし、外で遊んでこいよ」

ウィンから空いた木杯を受け取ると、ポウラットは外で遊んでくるよう二人を促す。イフェリーナは、ようやくヴェルダロスの呪縛から解放されたのだ。一族を皆殺しにされて、一人ぼっちとなってしまった彼女のこれから先には、どんな困難が待ち受けているのかわからないが、いまは何も考えずに遊んでいたほうが良いだろうと思ったのだ。

ウィンとイフェリーナは、しばらく二人で話していたが、やがて連れ立って外へと出ると地面に小石を並べてゲームのようなものをして遊び始めた。

遊び方を説明しているウィンの手元をイフェリーナが真剣な表情で見つめている。

そこへレティが目を覚ました。むくりと身体を起こすと、傍らで眠っていたはずのウィンの姿がない。

「お兄ちゃん、どこ?」

「ウィンの奴なら、外でイフェリーナと遊んでるぜ」

ウィンの姿を捜して大して広くもない家の中を見回しているレティに、ポウラットが教えてやる。

言われるがままに外へと出たレティは、遊んでいる二人を見つけて咎めるような口調で言った。

「リーナ、ずるい!」

「レティも来なよ。一緒に遊ぼう」

幼い嫉妬心を露わにし、むぅっと膨れるレティを、ウィンが手を振って呼んだ。

レティはむくれながらも、二人の遊びに混ざる。

そこへ、死亡した騎士の遺体と遺品の回収を手伝っていたオールトたちが戻ってきた。

ゲームをしている三人の子供たちを見て、ローラが目を細めた。

「オールトさん……あの子は私が引き取ろうと思います」

「異種族、それも伝説や物語に出てくるあの翼人の子供ですよ? きっと何かと大変だと思いますが」

「大丈夫です。翼人だろうと子供は子供です。子供同士であれば、異種族であろうと一緒になって遊ぶことができるんです。子供たちにできて、私とあの子にできないはずはないと思います」

ゲームのルールを教えるためか、最初はウィンとレティがゲームをしていたようだが、どうやらレティが勝ったらしい。勝った喜びに笑顔を浮かべているレティ。

ウィンはイフェリーナに場所を譲ると、今度はレティとイフェリーナがゲームを始めた。

それをウィンが横から見ている。

「もう二度とあの子から笑顔が失われないことを願うわ……」

「そうですね」

子供たちの歓声が風に乗り、草原を渡って行った。

ローラの言葉にオールトは深く頷いたのだった。

魔導師

魔法と魔導師

魔法とは、大気に満ちた精霊に術者が魔力を対価として捧げることで様々な現象を生み出す術のことであり、それらを主として扱う者を総称して魔導師と呼ぶ。精霊は世界樹から生まれるとされ、女神アナスタシアはその精霊たちを使って世界を創造したと言われる。世の魔導師たちの究極の目標の一つに、女神アナスタシアに近づくこと、つまり魔法を極めて世界創世の謎を解き明かすことがある。

天　魔

魔法を極めた者の称号としては『天魔』『大賢者』の二つが存在する。そのうち『天魔』の称号は翼人の王、もしくは女王が継承する。『天魔』は、意思だけで精霊と交歓し自由に大気を操る。女神アナスタシアの如く精霊と意思の疎通ができることから、魔導師たちの目的に最も近い存在なのかもしれないが、種族的に神と同じ奇跡を目指すといった思想を持ち合わせていないため、一般の魔導師と同列に語ることはできない。また、現在は魔族の所業により翼人は絶滅したと言われており、『天魔』も存在しないとされている。

大賢者

『大賢者』は現在、エルフ族の貴種、ハイエルフの姫であるティアラ・スキュルス・ヴェルファがその称号を冠している。千年にも及ぶ寿命を誇るハイエルフの若き姫がその称号を受け継いでまだ間が無いため、当面はその称号が他者に譲られることは無いだろうと言われている。『大賢者』の称号は『天魔』と違い、種族とは無関係にその時代の最高の魔導師に与えられる。ティアラに『大賢者』の称号が贈られる前、セイン王国の宮廷魔導師であるコンラート・ハイゼンベルクも次期『大賢者』候補とされていた。若くして天才と呼ばれた彼が消息不明とならなければ、彼が『大賢者』となっていただろうという意見も多数存在する。

終章

守るべき者

1

ウィンの全身が淡く白い輝きに包まれている。

ウィンが語り終えるとしばらくして、ティアラが試したいことがあると一同に断り、ウィンに対して付与魔法を使ったのだ。

騎士が得意とする魔法――《肉体強化》の魔法が付与されている。

「……驚いた。ここまで魔力が少ない人は見たことがない。だから、魔法への抵抗が少ない。付与魔法の効果が強く現れる」

「なるほどね。付与魔法の使い手と組ませれば、相応の力は発揮できそうだね」

ウィンから話を聞いて、アルフレッドは満足そうに頷いた。

「いま語った話は私が九歳、レティ――メイヴィス公爵家第三公女閣下がまだ七歳の頃の話でございます」

「それで、その犬頭の魔族を倒した後はどうしたんだい？」

アルフレッドが興味深そうに尋ねてきた。

魔族――それも『名付き』の高位魔族を幼少の時期に倒したという話である。

後の勇者と、そしてその師匠となった者の話とはいえ、にわかには信じられない内容だった。

ウィンはアルフレッドにヴェルダロスとの戦いの顚末《てんまつ》について話す。


あの事件から二日後に、オールトたちとウィンとレティ、ポウラットの三人は冒険者ギルドへと戻り報酬を分けあった。というよりも、ほとんどの報酬をウィンが受け取ることになった。

オールトたちとポウラットは、ゴブリン退治の必要経費だけを受け取ると、残りの報酬をウィンへと譲ったのだ。しかし、魔族を相手にしたということで、冒険者ギルドを通して帝国から報酬が支払われたのだが、オールトたちはその金額に対して少なすぎると文句をつけていた。ヴェルダロスという名付きの魔族を相手にしたというのに、相場からかけ離れた報酬しか出なかったのだ。報酬を持ってきたレイモンドが、申し訳無さそうな顔で謝罪をした。

「どうも、上のほうがこの件を無かった事にしようとしているみたいです」

冒険者ギルドからもたらされた情報を軽んじ、帝都の目と鼻の先で魔族の暗躍——それも名付きの高位魔族の暗躍という国家滅亡の危機を招きかねない情報を無視するという失態を犯してしまったのだ。

レイモンドと唯一人生き残れた騎士も、良くて辺境に左遷。もしくは口封じを兼ねて前線に送られることになるだろう。

上層部にとって都合の悪い存在となってしまった彼らは、もうこの帝都に居場所はない。

「近い内に恐らく異動になるでしょう。その前に、少しでも多くあなた方に礼金が支払われるようにと頑張ったのですが……結局、大した金額をお支払いすることができず申し訳ない」

ウィンとレティが魔族を倒したことは、オールトとレイモンドの考えで騎士団には報告をしなかった。

特にレティの力――見たものにしかわからない尋常ではないあの力。

そしてローラが引き取ったイフェリーナの事もある。成人となれば、天候すらも操る翼人種。二人ともまだ幼すぎるがゆえに、まず間違いなくいいように利用されかねない。

この意見には全員が頷いた。

レイモンドから聞いた帝国上層部の実態は、知れば知るほどその予測を確信させるものだった。

命の恩人となった子供たちへ恩を仇《あだ》で返す訳にはいかない。

さらに、オールトたちとポウラットは、この事件の関係者の素性を調べたレイモンドから、レティに関しては関わらないほうが良いとの忠告を受けて帰っていった。

結局、ギルドの受付嬢であるルリアとギルドマスターにだけは、事の次第と真実を告げ、表向きはゴブリンを退治したとして案件を処理した。

そしてオールトは、ウィンとレティの二人は一人前の冒険者として通用すると、ギルドに推薦をして、この事件は終わったのだった。

「――そのオールトとかいう冒険者、かなり目端が利くな。それとその魔導師はどうなったのだ？」

「申し訳ございません。そこまでは……」

当時、子供だったウィンには、彼がどうなったかは分からない。

「まあ、この件に関しては少し調べてみたいね。色々と興味が湧いてきたよ」

アルフレッドの言葉にロイズが小さく頷いた。

「それから翼人の子供はどうしたのだね？」

「彼女はローラさんという女性が引き取りました。今も一緒に暮らしているかと思いますが……」

「殿下。翼人を召し抱えようと考えるのは止した方が良い。彼女らの自由意思であればともかく、強制的に召し上げたりすれば、戦争を招く」

一瞬、何やら思案するような表情を浮かべたアルフレッドに、ティアラが釘を刺した。

「翼人と戦争とか。さすがにそれはゾッとしないね。でもまあ、僕も平和に暮らしている民に無理強いをするつもりはないよ。翼人とはいえ、我が帝国の都市で暮らしているのなら、民は民だ」

（それに、勇者と偶然とはいえ面識があったんだ。下手をすると勇者を敵に回しかねない。そんな危ない橋を渡るわけには行かないからね）

「まあ、翼人の件は置いておくとして。なるほど、記録の改竄の件は了承した。確かに幼い頃のレティシア殿と、そして翼人の少女の事が外部に漏れれば、良からぬことを企む者が出てきただろう。そういう事であれば、改竄された記録の方を正しいものとしたほうが良さそうだ」

面白そうに言うと、アルフレッドはロイズに冒険者ギルドの記録を渡す。

「これの処分は君に任せるよ。それではそろそろ最初の話に戻ろうか。君には私の妹であるコーネリアの従士をしてもらいたいと考えているんだが、それでどうなんだね？　彼は従士として務まると思うかい？」

ティアラは肉体強化魔法を付与されて、淡い光に包まれたウィンを前から後ろからグルグルと回りながら観察を続けていた。

「コーネリア殿下は付与魔法の使い手。魔力が生来乏しいと思われるウィンは、付与魔法使いとの相性が良いはず」

「はっ？」

「付与魔法との相性だけでなく、男女の相性も良ければもっといいんだけどな」

「殿下！」

「お兄様！」

アルフレッドの爆弾発言に、コーネリアが思わずアルフレッドへ抗議の声を上げた。それからウィンへと目を向けた後に真っ赤になってうつむく。

「アハハ、冗談だよ。冗談！」

「殿下、私の部下をあまりいじめないでいただけませんか」

アルフレッドの斜め後方に立っていたロイズが、溜息を吐くとアルフレッドを横目で睨みつけた。

「ハハ、ごめんごめん。彼があまりにもガチガチになってるからさ。緊張を解《ほぐ》そうと思っただけだよ」

と軽く笑いながら言うアルフレッドに、

「無茶をおっしゃる」

と呆れたような口調でロイズはつぶやいた。

「普通、皇族と接して緊張しない民は存在しません」

「悪かったよ、エルステッド伯。まあ、それで話を戻すとだね、ウィン君。君には僕の妹である皇女の従士になってもらいたい」

「それは……騎士とは違うものなのでしょうか？　一体どのような職務なのでしょう？」

「簡単に言ってしまえば、皇女の護衛だね。親衛隊と言い換えたほうがいいのかな。本来であれば近衛《このえ》騎士の腕利きの者たちから選抜される役目だ」

「親衛隊……」

ウィンはコーネリアを一瞬だけ見た。

皇女という身分にありながら、同期生だということで友と呼ぶことを許してくれた少女。

コーネリアは黙ってウィンを見つめていた。

「どうして自分なのでしょう？」

「一つは、コーネリアが信用している人物だということ。そして最も大きな理由は、君があの勇者の師匠であるということかな」

「ウィン」

ティアラの深い紺碧《こんぺき》の瞳がウィンをじっと見つめた。

「私たちエルフ族はウィン・バードという人物に——勇者の師匠に非常に深い興味を持っている。それは私たち以外の種族や国も同じ」

「大賢者殿の言うとおりだ」

アルフレッドは頷くと両手を机についた。

「君が勇者殿へと与える影響は大きすぎるんだ。このまま騎士団に置いておくのは、正直言ってまずい」

「そんな、俺は………」

「ウィン・バード」

うなだれるように下を向くウィンにロイズが声をかけた。

「帝国の君への評価は、勇者の師匠とはいえ所詮は平民出身の騎士候補生に過ぎない。たまた幼馴染が勇者で運が良かっただけという扱いだ。しかし、帝国の外へ出ると話は別だ。勇者の師という肩書きは絶大なのだよ。皇帝であろうと大神官であろうと、地上の権威に対して唯一人頭を下げないことを許された『神に限りなく近づきし存在』である勇者が、君の前では膝を折り、頭《こうべ》を垂れる。これは尋常なことじゃない」

「あなたがどう思っているのかではなく、レティシアがあなたをどう思っているのかが重要。あなたが望めばレティシアは、自分がどんなことになろうとも勇者の力を振るう。つまり、勇者の力はあなたにも委《ゆだ》ねられていることになる」

「そういうことだね」

ティアラの言葉にアルフレッドは頷いた。

「その力は世界を揺るがしかねないほど大きなものだ。その力を握る人物を騎士団に置いておくのは躊躇《ためら》われる。良くも悪くも騎士団は階級社会であって、命令されると拒むことは難しい。言い難いことだけど、残念なことに騎士の全てが公明正大な人物であるとは、お世辞にも言えないからね。だから君にはコーネリアの従士という、他人から利用されづらい立場に立ってもらいたい」

「……それはご命令なのでしょうか？」

「嫌だな、命令じゃないよ」

アルフレッドは苦笑を浮かべた。

「最初にも言ったけど、今日はウィン騎士候補生じゃなく――いや、受けてもらえるなら、元って但し書きがつくようになるけど——『勇者様のお師匠様』であるウィン・バードとこの帝国の皇太子として話している。君の意思は尊重するよ。嫌なら断ってくれてもいい」

笑みを浮かべるアルフレッドにロイズが呆れたような視線を向けた。

（無茶を言いなさる。平民が皇族の言葉を断れるわけが無いだろうに）

「コーネリアはまだ十八になっていないので、皇族としての公務にはまだ制限がある。だけど、皇族である以上は公人として全ての公務と無関係でいる訳にはいかない。その際の護衛が君の任務だ。従士となった君に命令を下せるのはコーネリアだけになる。外国の使節と接見する際に勇者の師匠という肩書きを持つ人物が同行していれば、何かと役立つこともあるしね」

「帝国が一方的にあなたたちを利用しないよう、監視役に中立的な立場である私たちエルフ族が就く」

「コーネリアは付与魔法の使い手だ。魔力が生来乏しい君は、付与魔法との相性が良いのも幸いだよ。正式な部隊として発足《ほっそく》させるにはまだ色々と根回ししたいこともあるし、当面は君一人だけになるが」

（コーネリアさんの従士か……）

普通に考えれば、これは名誉な話だ。

近衛騎士でも選ばれた者しかなれない、レムルシル帝国のお姫様を守る騎士。

これは騎士を目指すものにとって、一つの夢だろう。

まあ、姫と言っても友人なのだが。

ただ、ウィンを悩ましているのは、その立場に立てるのが『勇者の師匠』という肩書きのおかげであるということだ。

自らの実力で勝ち得た立場ではない。

レティシアという、たまたま幼い頃に知り合えた少女のおかげで手に入れるようなものだ。

多くの騎士たちが切磋琢磨しあい、手柄を立て、やっと昇格を果たす中で、自分だけが楽な道程で手にしてしまう。

本当にそれでいいのだろうか。

それでウィンの夢はかなったと言えるのだろうか。

「殿下、非礼は承知で少し考えさせていただけませんか？」

ウィンが退室し、扉が閉まると、アルフレッドは溜息を大きく吐いて椅子の背もたれに身体を預けた。

「殿下……何をお考えなのです？」

少し躊躇ってロイズが口を開いた。その顔には苦々しい色が浮かんでいる。

「全部本気かな？　レティシア・ヴァン・メイヴィスは絶対に他国へ流出させてはならない存在だ。ただの一人で国一つを軽く滅ぼせる力を持つ。彼女を戦争に利用する気は毛頭ないけど、彼女を我が国に縛り付けておくためにはどんな手でも使うよ。それに――」

そこまで言うとアルフレッドは横目で妹の顔を盗み見た。

「コーネリアも彼のことを気に入っているようだしね。正直言って、結構優良物件じゃないかな？　勇者というかメイヴィス公爵家の姫君とも個人的な付き合いを持ち、騎士としては武勲も立てて、平民という身分でありながら結構な速さで昇進しようとしている」

そう、少し前までは騎士学校の落ちこぼれだった彼は、今では二つの戦で武勲を上げて、正騎士とは少し違うが、皇族の、それも皇位継承権第二位にして第一皇女の従士に推薦されている。

平民出身者としては過去に類を見ない昇進速度なのだ。

「それに、彼を籠絡《ろうらく》しようという動きを牽制する目的もある。彼も男だしねぇ……」

「……もう、そのような動きがあるので？」

「国内はともかくとして、他国にそういう動きがあるとの報告がある」

「なるほど」

レティシアが凱旋《がいせん》した際、彼女は皇帝アレクセイと帝国の重臣、招待されていた他国の大使たちの前で、自らの師匠としてウィン・バードの名前を出している。

各国の諜報機関はすぐにウィン・バードについて調査を行っただろう。そして彼がまだ年若い青年で、平民出身であることを突き止めただろう。

そんな彼に他国から、自国の有力な貴族の娘をあてがい、引きこもうとする動きが出てくるのは当然のことだ。外国とはいえ、高貴な身分の家から結婚を申し込まれると、貴族ではない平民のウィンの立場ではそれを断ることが出来ないからだ。もちろん、そんな状況をレティシアが黙って許すはずもないだろうし、レティシアがウィンの事を異性として慕っているであろうことも調査すればわかることなので、彼女の不興を買うようなことはしないだろう。それでも万が一ということはある。

それに、結婚の申し込みではないが、ウィンに対して贈り物をしたいという申し出は、外交ルートを通じて、実は結構な数あったのだ。

一つの都市の数年分の予算並みの金貨。絵画や彫刻、宝飾品といった美術品。まるで王侯貴族に贈られるような金銀財宝を贈りたいという申し出が、各国の大使を通じてある。

そうした申し出はレムルシル帝国に対して友好的なリヨン王国といった国々からだけではなく、仮想敵国であるペテルシア王国からも打診された。

それらの申し出は全て、ウィンの耳に届くことなく、アルフレッドが断りをいれているが、いずれは本人に直接接触しようとする国も現れるかもしれない。

（やれやれ……価値を知らぬは本人とその周囲ばかりなりってね）

話が終わり部屋を出ていこうとするコーネリアを見送りながら、アルフレッドは小さく笑った。

2

あめが　ふったら　あおい　おそらに　おっきな　にじが　でたよ
あめが　ふったら　あおい　おそらに　おっきな　にじが　でたよ
そらに　のぼった　おひさまが　やさしく　みんなを　みてるよ
しろい　ふわふわ　くもさんも　にっこり　わらったよ

少しうつむき加減で騎士団本部のある建物から外へと出たウィンは、聞き覚えのある歌声に顔を上げた。

騎士団本部の正面にある噴水。その縁に腰掛けて日差しを浴びながら、目を閉じて身体をゆらゆらとさせて微笑みを浮かべて歌う女の子。

レティシアだ。

やさしい　かぜに　ふかれて　とんだ　たんぽぽさんは

にじの　はしを　めざして　おそらを　とんでいく

どこまでもひろがる　そうげんを　ふわりとびこえて

どこまでもたかく　おそらを　と～んでいく～

幼い子供向けの歌。

しかし、誰をも魅了してしまう彼女の歌声が、優しく吹き付ける風に乗り、騎士学校の敷地内に響き渡る。

忙《せわ》しなく歩いている騎士団本部の事務官、騎士、さらには騎士学校の学生たちが、歌っているのがあのレティシア・ヴァン・メイヴィスだと気づくと、足を止めて遠巻きに見つめている。

身に着けている服は、騎士学校の制服。決して貴族としての礼装でもなく、美しいドレス姿でもない。場所も騎士団本部の前にある噴水で、普段は意識もせずに通り過ぎるだけの場所だ。だが、そこにレティシアが座り、そして歌を歌うだけで、そこはなにか侵しがたい神聖な場所のように人々には感じられた。

ウィンもまた、騎士団本部の入口の前で足を止めた。彼にとっては幼馴染の少女なのだが、それでもこうして一人、何かに没頭している際の彼女の雰囲気は、ウィンの知らない少女のように見える。

と、レティシアが歌い終える。

彼女はほうっと息を吐くと、ゆっくりと目を開き、どこかぼんやりとした眼差しで周囲を見回し――。

「お兄ちゃん」

「あ、ああ」

嬉しそうにほほ笑みを浮かべて手を振るレティシアに、ウィンはゆっくりと歩み寄る。

先ほどまで遠く感じられていたレティシアとの距離感が消え失せていた。

そのことにどこか安堵していることに気づきつつ、ウィンは彼女のそばに立つ。

「ねえ、何のお話だったの？」

「うん……コーネリアさんの従士にならないかという話だった」

「従士？」

横に並んで歩きながらウィンの顔を覗きこんでくるレティシアに、ウィンはアルフレッドから言われた事を話した。

「わあ、凄いっ！　それって凄いことじゃないの!?」

我が事のように喜ぶレティシアだが、しかしウィンの顔はどこか冴えない。

「どうしたの？」

「うん……俺は騎士になることが夢だったんだ」

「うん」

「小さい頃に見た騎士団の行進。レティが持ってきてくれた物語に出てくる、たくさんの騎士たち。弱い者たちに手を差し伸べて、悪い奴らをやっつける。子供っぽいかもしれないけどさ。今でも俺は騎士に対してそういう幻想を抱いている」

歩きながら静かに話すウィンの言葉にレティシアは黙って耳を傾ける。

ウィンの騎士に懸ける想いは、レティシアが最も深く理解している。

「現実はそんなに甘いものじゃないんだけどさ、それでも俺は騎士になりたい。それも出来ることなら自分の力で」

「うん」

「コーネリアさんの従士になれば、俺の夢は叶ったことになるのかもしれない。だけど、それはレティが俺を慕ってくれているからその立場を手に入れただけに過ぎないんだ。俺という個人が認められたのではなく、『勇者様のお師匠様』だからコーネリアさんの従士という立場を手に入れただけ。それで本当に夢を叶えたと言えるのかな？」

アルフレッドとティアラの言った言葉。

『君が勇者殿へと与える影響は大きすぎるんだ。このまま騎士団に置いておくのは、正直言ってまずい』

『あなたがどう思っているのかではなく、レティシアがあなたをどう思っているのかが重要。あなたが望めばレティシアは、自分がどんなことになろうとも勇者の力を振るう。つまり、勇者の力はあなたにも委ねられていることになる』

『君にはコーネリアの従士という、他人から利用されづらい立場に立ってもらいたい』

レティシアという強大な力を持つ『勇者』を御《ぎょ》する存在として利用されないために、従士の地位を贈られるに過ぎない。

それでは夢を叶えたとは言えないのではないか。

ウィンがアルフレッドの要請にすぐに是と頷かなかったのは、心の何処かでその事が引っかかっていたからだ。

しかし、幼い頃から見てきた夢だったが、その思いを犠牲にしてでも今回のこの話は受けるべきではないのかという思いもあるのだ。


——レティシアを守るために。


ドリアの村で行われた戦闘の際、上司であるロイズは、部下であるウィンを利用して、レティシアを戦場へと引っ張りだした。

ロイズの立場から考えてみれば、それは当然のことだろう。

自らの手駒に、最強の切り札を召喚できる存在があるのだ。ましてや、この戦いではロイズが所領としているエルステッド領にも被害が及んでいる。

所領を守る義務を負う領主であれば、早急《さっきゅう》に排除したいのは当然。

そして目論見通り、レティシアの力を利用して敵を排除することに成功した。

もちろん、そのおかげで襲われていたドリアの村の人々は救出され、以後の被害を抑えることも出来た。エルステッド領を始めとしたあの地域の領主、領民、そしてレムルシル帝国にとっては良い結果だと言える。

しかし、ウィンとしてはあの時レティシアに語ったように、人と人の戦いにおいて彼女の力はもう振るわれてはならないものだと思っている。そうでなければ、『勇者』としての名声が、一瞬にして『化け物』へと変わってしまう。

このままレティシアが国同士の戦争に利用されることが続けば、人智を超えた力を振るうレティシアに、人は簡単に『化け物』という烙印を押してしまうだろう。魔王という脅威によって窮地に瀕した世界を救うため、多くのものを犠牲にしたレティシアに対して、非道なる仕打ちを行ってしまう。そして他国は、その力を恐れて帝国に対し抗戦の道を選ぶだろう。

帝国はレティシアの力を利用しようと、どんな手段でも使うようになる。その手段として最も簡単なものがウィンを利用する方法なのだ。

ウィンは騎士団、つまりレムルシル帝国の軍人だ。

上からの命令は絶対で、何があっても従わねばならない。例えばその命令の果てに、明確な死が待ち受けているとしても。そうでなければ軍隊という組織は成り立たないのだ。

『レティシアに、参戦し、敵国を蹂躙せよと頼め』と、軍上層部から命令されれば、ウィンには断ることは出来ないのだ。そして、レティシアは間違いなくウィンの立場を慮《おもんぱか》って、ウィンの言う通り動いてしまう。

(俺は……どうしたらいい?)

ドリアの村での戦いの時から、ウィンはずっと考えていた。

レティシアがこれ以上利用されないためには、アルフレッドたちの言う通り、権力者から利用されづらい立場に就くべきなのだろうか。

もちろん、コーネリアの従士という立場であっても、ウィンがレムルシル帝国の一臣民である以上、その影響下から逃れることは出来ない。しかし、少なくともアルフレッド、いやコーネリアはきっと、ウィンを利用しようとはしないだろうと信じることができる。

レティシアの事を思えば従士の立場を受け入れるのが最も良いのだ。たとえそれが、自分の夢を諦めることを意味したとしても――。

(そうだ。レティを守るためなら、ちっぽけな自分のこだわりなんてどうでもいいことじゃないか。俺はレティが泣いている姿なんて見たくない)

騎士学校の寮へと続く並木道を歩きながら、ウィンはそう思った。

大切な存在であるレティシアが傷つく姿は見たくない。

「そうだな……」

考えこんでいる間中、黙って横に寄り添って歩いていたレティに向かって笑いかけた。

「決めたよ。コーネリアさんの従士となる件、お受けしようと思う。考えてみれば、准騎士昇格試験ですら突破できずにもたついていたんだ。そんな俺が実力で騎士になりたいとか、贅沢な事だよね」

「……本当にそれでいいの？」

しかし、ウィンの言葉に対してレティシアは、どこか不機嫌な口調だった。

「仕方ないよ。レティの力が利用されないようにするには、俺をそうした勢力から遠ざけようとするアルフレッド殿下の仰せの通りにしたほうがいい。それに、大事なことは騎士にどうやってなるかではなく、騎士になって何をするかだから」

恐らくはウィンが憧れた、戦場で華々しく武勲をあげるといった事はできなくなるだろう。

「ねえ、お兄ちゃん」

ウィンにレティシアが静かな声で話しかけた。

「お兄ちゃんは、自分が私の足かせになってるって言うけれど、私は決してそんな風には思ってないの。ううん、むしろ私の方こそお兄ちゃんの足かせになってるのかも知れないって思ってる」

「レティ……」

「だって、お兄ちゃんが夢を諦めそうになっているのも、全て私のためなんでしょう？お兄ちゃんに言う事を聞かせて、私の力を利用したい。そう考える人がいて、私に迷惑を掛けてしまうことが心配なんでしょう？　でもね、お兄ちゃん」

レティシアはウィンの前に回りこむと、両手を腰の後ろに回し、ウィンの顔を下から覗き込んだ。

「私はその事を決して迷惑なことだなんて思わない。お兄ちゃんのためなら、力を使うよ。それでたとえ『化け物』扱いされたっていいの。だって――」

レティシアは綺麗な微笑みを浮かべて言った。

「だって、お兄ちゃんの『騎士になりたい』って夢は、私にとっても夢なんだよ。お兄ちゃんが騎士となることは、私にとっても、とてもとても大切な事なんだよ」

レティシアは一歩、二歩とウィンに歩み寄ると、彼の右手を両手で包み込むようにして持つ。そして自らの胸元に抱え込むようにして、目を閉じる。

ウィンの右手は幾度と無く潰れたマメで硬くなっている。

子供の頃から一日たりと休むこと無く剣を振り続けて来た結果だ。

（大きな手……）

幼い頃はこの手に引かれて色んな所へ連れて行ってもらった。遊んでもらった。

レティシアに安心感を与えてくれる手。

レティシアはそっと呟く。

「お兄ちゃんの夢は、レティの夢でもあるんだよ……」

「俺は……」

ウィンはレティシアの小さな頭を見下ろした。彼女の柔らかそうな金髪が風にふわりとなびく。

「だからね、お兄ちゃん。お兄ちゃんは気にしなくてもいいの。お兄ちゃんがどんな道を選択しても、私は精一杯応援するよ」

「ウィン君」

その時、背後から声を掛けられウィンとレティシアは振り向いた。

声を掛けたのはコーネリア。

「コーネリアさん?」

「どうしても、お話しておきたいことがあって……」

走ってきたのか、彼女は胸に手を当ててしばらく息を整える。そして、コーネリアは真剣な表情でウィンの顔を見た。

「以前、私に騎士への夢を語ってくださいましたね。ウィン君にとって騎士とは、何者よりも強く、賢く、決して折れることのない剣。弱いものの味方であり、守るべき主人の最後の盾、と」

「ああ、うん」

ザウナス校長、そしてアルド教官たちによって企てられたクーデターが起きた前日の夜の事だ。

火を囲み、ウィンはどうして自分が騎士になりたいかコーネリアに語ったことがある。

あの時はまだ、あのような大事件が起きるとは夢にも思っていなかった。定期巡回討伐任務で良い成績を修めて、准騎士への昇格をアピールしようとしか考えていなかった。

随分と遠い昔の事のように思える。

「確かに兄の言うとおり、ウィン君を私の従士とすることで、レティシア様の力を戦争や権力闘争に利用されないようにしたい、そういう狙いがあることも本当です。でも――」

騎士学校のウィンとコーネリアが出会った模擬戦闘訓練で、誰ともペアを組むことができず、寂しげに佇んでいたあの時と同じように、どこか心細げな表情を浮かべてコーネリアは語りかける。

「私はそれだけの理由で、私の従士を選びたいとは思いません。私はウィン君だからこそ、私の従士となってもらいたいのです」

そしてコーネリアはウィンにどこか懇願するような口調で言った。

「私では、ウィン君にとって守るべき主人となることはできませんか？」

魔物

魔獣

魔王と魔族が生む瘴気に冒された獣型の魔物を魔獣と呼ぶ。多くが知恵を持たず、本能のみで生きる。多くの場合、魔獣化する前よりも発達した筋肉、爪や牙などを持ち、時には十メートルを超す巨軀を誇るものも存在する。力の弱い魔獣は、妖魔によって使役されているものも多い。元が獣であるため身体能力が高く、また繁殖力も強いため、大きな被害が出ることもある。種族や固有の名は持たない。

妖魔

魔王と魔族が生む瘴気に冒された人型の魔物を妖魔と呼ぶ。彼らは知恵を持ち、種特有の言語で互いに意思疎通を図る。そのため、魔法を操ることができるものも存在する。妖魔種族の中には序列が存在し、代表的なものとしては、高位の魔法を操る不死の王ヴァンパイアや屍霊の王リッチーが上級、強靭な肉体と巨大な体軀を誇るオーガ、岩のように頑丈な肌を持つトロルが中級、そして犬の頭を持つコボルト、人の子供程度の矮軀のゴブリンなどが下級の妖魔と分類される。

魔族

魔王によって直接生み落とされた高位次元の生命体と言われる。肉体を持たず、魔力により具現化された存在。魔力を持つ高等生物の魂が砕ける際に生まれるエネルギーを糧とする。肉体を持たないため物理的な攻撃は通用せず、魔族と戦うためには魔法か、魔力が込められた武器による攻撃が必要となる。魔王を頂点としたその下に、四匹の公爵、八匹の侯爵、十六匹の伯爵の位に位置する魔族が存在し、彼らはそれぞれに固有の名前を持つ。以下、子爵級、男爵級と続いているが個体数は不明。この階級は当初、魔族自らが名乗ったものではなく、人間たちがその強さを比較するために付けていたものだったが、それを魔族が採用したと言われている。おおよその目安として、男爵級には騎士団中隊規模の、子爵級には騎士団大隊規模の、伯爵級以上の魔族には国を挙げた総力の対応が必要とされている。

登場人物紹介

俺が一緒に行ってやろうか？

ポウラット・ウィーバー

【種族】人間
【年齢】18歳
【役職】冒険者
（冒険者ギルド
シムルグ東支部所属）

駆け出しから一人前になりつつある冒険者の青年。ウィンとレティシアの二人が最初に知り合うことになった先輩冒険者であり、後にパーティーを組むことになった。ギルドの受付係であるルリアに好意を抱いている。面倒見が良く、ウィンとレティシアにとっては、歳の離れた兄のような存在。レティシアが魔王討伐の旅に出た後、仕事中の怪我で冒険者を引退することに。引退後はルリアと共に冒険者ギルドの職員として仕事をしている。

リーナはね……
〝えさ〟
なんだって……。

イフェリーナ

【種族】翼人
【年齢】10歳
【役職】―

ヴェルダロスによって壊滅させられた翼人の里の生き残り。居所が分からない仲間の翼人を誘い出す餌として、生かされた少女。恐怖に震えながらも空腹に抗うことができず、人里に出て野菜や玉子を盗んで食べていたところを、ウィン達に発見・保護される。ヴェルダロスの事件後は農園主ローラに引き取られ、翼人ということは隠されて育てられている。高貴な種に起因して、子供ながら高い魔力を誇る。

オールト・フィッツ

【種族】人間
【年齢】46歳
【役職】冒険者
（冒険者ギルド
シムルグ東支部所属）

よくやったな、
ウィン。

帝都シムルグに存在する東西南北の冒険者ギルド支部の中でも名の通った、実力のあるベテラン冒険者。元は傭兵ギルドに参加しており魔物との戦争も経験しているが、かつて戦場で魔族と戦った際、自らの力では至らないことを痛感したために、三十代半ばで傭兵から冒険者へと鞍替えした。現在は古代遺跡や未踏地へと踏み入り、遺跡から魔物に対抗するための武具や素材を発掘することを主な生業としている。

ルイス・ユイム

【種族】人間
【年齢】29歳
【役職】冒険者
（冒険者ギルド
シムルグ東支部所属）

少しは身体を動かしておきたいっす。

オールトが率いる冒険者パーティーの一員。傭兵出身だったが、憧れていたオールトの誘いに乗って冒険者となった。飄々とした振る舞いや、屈強なオールトの陰に隠れがちなことから、初対面では侮られることも多いが、名のある熟練の冒険者だ。槍術のほか、情報収集なども得意としている。また、小技にも秀でており、ウィンとポウラットにスリ、錠前外し、罠の技術を教えた人物。

いやいやいや……
こんなの
ありえないわ！

イリザ・マーティルノ

【種族】人間
【年齢】24歳
【役職】冒険者
（冒険者ギルド
シムルグ東支部所属）

オールトが率いる冒険者パーティーの一員。宮廷魔導師の家に生を受けたが、自由を求めて家出をし、冒険者となった。魔導師としての勉学を行ってきたため、一流とまではいかないまでも、高い魔法技術を持つ。冒険者になったばかりの頃、同じく傭兵から冒険者に転職したオールトとルイスと知り合い、二人の生業である遺跡探索、武具発掘に関心を持ち、パーティーを組むようになった。

ヴェルダロス

【種族】魔族
【年齢】—
【役職】伯爵級

せいぜい楽しませてくれよ！

下位妖魔であるコボルトに身をやつした伯爵級の魔族であり、魔王の命令を受けて翼人狩りをしていた。イフェリーナの住む里を滅ぼした後、生き残ったイフェリーナを餌にして他の里を見つけ出し、翼人を根絶やしにすることを目的としていた。里の近くで偶然巣を見つけたことからゴブリンを支配下に置き、暇つぶしに近隣の村を襲わせていた。魔王の命令に従いつつも戦闘を楽しむべく強者を探し求めていたが、最後はウィン達の手によって滅ぼされる。

あとがき

WEB版を読んでくださっている方はこんにちは。書籍版から読んでくださっている方はお久しぶりです。三丘洋です。三巻ですよ!

二巻までは自分の書いた小説が書店に並んでいることが、まるで夢の中の出来事のように感じられていましたが、そろそろ信じてもいいんじゃないかと思えてきました。

これも買ってくださっている皆様のおかげです。ありがとうございます。

このあとがきを書いているのは、ちょうど一月の下旬。二年前の今頃は、「おっ、ちょっと面白い話を思いついた!」という軽い気持ちで、『勇者様のお師匠様』を書き始めた頃です。あの頃は本当に思いつきで書いていて、誤字脱字だらけで……。二年経って、少しは物書きとして成長できたかな?と思っています。

……え? あまり変わってないって?

WEB版からの読者様に総突っ込みを受けそうなので話を変えて、と――。

ひとまずは最近の嬉しいニュースを。

ツイッターをフォローしてくださっている方や、WEB版の活動報告も目を通してくださっている方はもうご存知でしょうが、私は大の阪神タイガースファンです。

阪神タイガースの鳥谷選手が残留を決めました。

いやあ、良かった良かった。

ドラフト会議でもクジを外しまくり、補強は思ったようにできずと、年末の阪神タイガース関連の情報は悲報ばかりでしたが、年が明けてようやく明るいニュースが飛び込んできましたね。

私自身はゴメス選手、マートン選手を始めとしてメッセンジャー選手にオ・スンファン選手と結果を残した外国人四選手が残留しているのだから、もし鳥谷選手がメジャーに行ったとしても「焦って補強する必要はなし」と考えていました。が、その鳥谷選手が残留したことで結果として最高のものに。

黒田投手が戻ってきた広島東洋カープ、セ界の火薬庫こと、対戦すれば乱打戦必至、そしてこのオフに大補強を敢行した東京ヤクルトスワローズ、そして王者の読売ジャイアンツにも決して引けを取らない戦力だと思います。

よっしゃ、今年も甲子園に行って応援するぜ!

さて……では、そろそろ三巻の内容のほうにも触れましょうか。

今回は過去編! ウィンとレティシアの幼少期のお話です!

元は二章と三章の間に入る間章として書いたもので、三章の内容に繋がるエピソードがあり、さらにWEB版から七万字近く加筆したとはいえ、一冊の形にできるとは……。編集さんには本当に感謝です。

この頃のレティシアはまだ『勇者』の力を意識的に引き出せません。

このお話では、魔族と一般的な冒険者の力の差がどのくらいあるのか、魔族、それも高位の魔族がこの世界の人々にとってどのくらい脅威となるのかを書きたかったのですが、上手く読者の皆様に伝えられていれば嬉しいです。

そしてレティシアの規格外の強さについて。この物語の世界では、魔力は生まれた時に持っていた素質に依るところが大きく、後から大幅に成長することはありません。レティシアは幼い頃からすでに最大級の魔力を持っており、見た目は子供でもとんでもない実力を持つ存在なのです。

そんな彼女に普通の女の子として接し、支えてきたウィン。二人の絆が育まれていく過程にも注目していただけたら幸いです。

それではそろそろ謝辞を。

まずは、今回も素敵なイラストを描いてくださいました、こずみっく先生。

幼いウィンとレティシアをとても可愛らしく描いていただきました。

眠っているレティシア、はしゃいでいるレティシア、そして怒って魔法を発動しているレティシア。もう身悶えしそうなほどに可愛らしくてテンション上がりっぱなしでした。この巻初登場のポウラット、皆様お気づきになっていただけたでしょうか？　成長したウィンは彼に憧れて髪を伸ばしたという設定がありまして、大人になったウィンと髪型が似ているんです。精悍な顔つきに描いていただけました。

そして個人的にお気に入りのイリザさん。拝見させていただいたラフイラストに「べんきょうねっしん、えらい」とこずみっく先生のイリザに対するイメージのメモ書きがしてあり、それを見た瞬間に思わず「たしかに……！」と唸ってしまいました。彼女もいずれまたどこかで、再登場させてあげたいと思います。本当に素敵なイラストをありがとうございました。

そして担当編集の清水様。間章という扱いの難しいお話を形にしていただき、本当に感謝です。そしてデザイナーのプリグラフィックス川名様。校正の大迫様。今回もたくさんお力添えをいただきました。

そしてもちろん、書籍化後もWEB上で応援してくださっている皆様、書籍から応援してくださっている皆様。

本当にありがとうございました。

それではまた、四巻でお会いできることを祈って――。

三丘洋

三丘洋 Yo Mitsuoka

山口県在住。最近のマイブームは、ペットショップでオウムを愛でること。奴らモフモフしてて可愛いんです（うちのセキセイインコは機嫌が良くないと触らせてくれない……）。

こずみっく Cosmic

マイブームは賃貸検索です。引っ越す予定は立ちません。

The Master of The Brave

勇者様のお師匠様

III

2015年３月12日　初版発行

著者――三丘洋

画――こずみっく

発行人――青柳昌行

編集人――三谷 光

編集――ホビー書籍編集部

編集長――久保雄一郎

担当――清水速登

装丁――川名 潤（prigraphics）

企画・編集――エンターブレイン

〒104-8441　東京都中央区築地1-13-1 銀座松竹スクエア

発行――株式会社KADOKAWA

〒102-8177　東京都千代田区富士見2-13-3

☎0570-060-555（ナビダイヤル）

http://www.kadokawa.co.jp/

印刷：図書印刷株式会社

ISBN978-4-04-730194-8　C0093　Printed in Japan

［本書の内容・不良交換についてのお問い合わせ先］

●エンターブレイン・カスタマーサポート　☎0570-060-555［受付時間：土日祝日を除く　12:00 ～ 17:00］

メールアドレス：support@ml.enterbrain.co.jp　※メールの場合は商品名をご明記ください。